Annelies Liengitz

Eva
und ihr Versprechen

Bibliographische Information der Deutschen Bibliothek:
Die Deutsche Bibliothek verzeichnet diese Publikation in der Deutschen
Nationalbibliographie. Detaillierte bibliographische Daten sind im Internet
über http://www.ddb.de abrufbar.
ISBN-10 3-900693-97-8
ISBN-13 978-3-900693-97-8

Alle Rechte der Verbreitung, auch durch Film, Funk und Fernsehen,
fotomechanische Wiedergabe, Tonträger, elektronische Datenträger und
auszugsweisen Nachdruck, sind vorbehalten.

© 2006 novum Verlag GmbH, Horitschon · Wien · München
Printed in the European Union

Gedruckt auf umweltfreundlichem, chlor- und säurefrei gebleichtem Papier.

www.novumverlag.at   www.novumverlag.de

Inhaltsverzeichnis

1. Was für ein Glück, so nette Jungs! 8
2. Eine wunderbare Einrichtung, so ein Telefon! 13
3. Wenn alle Tage so toll wären 17
4. Doch nicht alle Tage können glücklich sein 22
5. Eine Grillparty zur allgemeinen Aufheiterung 28
6. Die Party steigt 30
7. Geht es wieder bergauf? 38
8. Hält das Glück an? 47
9. Date ade 51
10. Wie in alten Zeiten! 56
11. Immer nur warten 63
12. Besorgte Mütter nerven!!! 68
13. Endlich ... !!! 71
14. Langweilige Tage im Bett 75
15. Zurück in die Freiheit 79
16. Wie soll's jetzt weiter gehen? 88
17. Na, wer sagt's denn! 91
18. Freundschaft allein genügt nicht mehr? 96
19. Der erste Streit 101
20. Ein ständiges Auf und Ab! 106
21. Was willst du überhaupt? 116
22. Immer wieder dasselbe! 126
23. Zwischendurch ein Hoch 134

24. Man kann nicht alles erzählen! 138
25. Wenn beide stur sind! 143
26. Vielleicht klappt es ja doch! 150
27. Jetzt ist alles aus! 157
28. Wie kann man so etwas überstehen? 166
29. Man lebt wie in Trance! 172
30. Woran bist du gestorben? 178
31. Nur nichts verraten, jeder ist sich selbst
    der Nächste! 183
32. Das Begräbnis 187

Nachwort 204
Anmerkungen 205

*E*in Blick zurück zeigte ihr, dass bereits alle weg waren. Behäbig, wie ein altes Mütterchen, erhob sie sich. Ganz langsam schritt sie mit der Rose in der Hand in seine Nähe.

„Und jetzt …, was machen wir jetzt? Jetzt bist da unten und bald werden sie kommen und dich …, fürchterlich …" Zaghaft ließ sie die Rose hinunterfallen. Einen Moment war es ganz still.

„Sie haben heute nicht gesagt, was wirklich passiert ist, aber ich verspreche dir, ich werde es allen erzählen, jetzt darf ich es noch nicht, aber eines Tages werde ich es der ganzen Welt berichten und alles richtig stellen, das verspreche ich dir!" Sehr bedrückt, aber doch energisch ging sie davon.

1.

Was für ein Glück, so nette Jungs!

Unsere kleine Eva, um die sich dieses Buch dreht, war zur Zeit der Handlung (leider) erst vierzehn Jahre alt und wohnte in Österreich. Genauer gesagt in Kärnten, noch besser in einem kleinen Vorort von St. Veit an der Glan.

Sie war 165 cm groß, hatte mittelbraunes Haar, dunkle braun grüne Augen und besaß schon recht weibliche Formen. Sie wurde von den meisten Leuten, besonders von Jungs, auf mindestens sechzehn geschätzt! Worauf sie natürlich sehr stolz war.

Eines Nachmittags, so Ende Februar oder Anfang März, sie weiß es heute nicht mehr so genau, fuhr sie mit dem Fahrrad ihre übliche Runde. In letzter Zeit war sie meist etwas „down", sie hasste ihr Heimatdorf, dieses ewig gestrige Nest, wo einfach nichts passierte. Aber nicht nur diese Langeweile ließ sie verzweifeln, nein, es gab ja hier in ihrer unmittelbaren Umgebung zu allem Überdruss nicht einmal ein „ordentliches" Mädchen für eine Freundschaft und von „passablen" Boys ganz zu schweigen!

Sie fuhr die zwar asphaltierte, aber doch sehr holprige Straße entlang Richtung Stadt, einfach nur so, um die Zeit totzuschlagen. Vielleicht sollte sie wieder einmal bei ihrem Onkel, übrigens der jüngste Bruder ihrer Mutter, vorbeischauen? Der hatte gar nicht weit weg eine Tankstelle und war immer sehr nett. Er kannte die Probleme dieses Alters, vor allem finanzieller Art, und meist spendierte er ein Eis und noch Bargeld, einfach toll! Aber siehe da, sie erblickte gar nicht weit von ihr entfernt ein paar Jungs, die um einen metallic silbernen Golf herumstanden. Besonders einer, der in der Mitte, erschien ihr ziemlich gut gebaut, bestimmt war er schon neunzehn! Seinen Bewegungen nach schien er gerade das Auto zu polieren. Blond war eigentlich nicht ihr Typ, aber zu seinem schon jetzt mächtig braunem Gesicht wirkten die blonden Haare. Er gefiel ihr ganz einfach!

Eva fuhr natürlich ganz unschuldig weiter, schielte zwar immer zu dem Golf, jedoch ohne jegliche Kopfbewegung. Das war natürlich eine wichtige Regel: Man konnte doch unmöglich Interesse an den „Knaben" zeigen! Man musste auf jeden Fall „cool" bleiben und möglichst gelangweilt dreinschauen.

Sie zeigte sich verständlicherweise auch nicht „angesprochen", als nach ihr gepfiffen wurde. Man musste „die" einfach zappeln lassen, das wirkte immer!

Na, wer sagt's denn! Man rief sogar schon nach ihr!

Es klang irgendwie wie „flotte Lady", so ein Blödsinn, fiel denen nichts Passenderes ein?

Betont langsam blieb sie stehen: „Was sage ich jetzt bloß?"

„Meint ihr etwa mich?" So was Blödes, es war ja sonst weit und breit niemand zu sehen! Warum war ihr nichts Besseres eingefallen? Sie war direkt ein wenig aufgeregt.

„Wen denn sonst?", lautete auch prompt die Antwort.

Sie schämte sich ein wenig, so eine dumme Frage, jetzt war also auch ihr nichts Originelles eingefallen, ihr, die sonst den Ruf hatte, das frechste Girl weit und breit zu sein!

Sie hatte ihr Restchen Selbstvertrauen in letzter Zeit wohl verloren. Normalerweise war sie früher nämlich eine ziemlich vorlaute Göre, der immer etwas einfiel, aber leider! Verwunderlich war es nicht, so ganz ohne Freundin, an einen Freund war gar nicht erst zu denken, so hielt es doch kein Mensch auf Dauer aus, oder? Das konnte einem doch wirklich den letzten Nerv ziehen.

Sie hatte sich wieder so halbwegs unter Kontrolle, packte ihr Rad, schob es über die Wiese Richtung Jungs und schrie währenddessen: „Hast du was, oder willst du was?"

„Weder noch! Komm schon her, du bist doch sonst auch nicht so, zumindest nach dem, was man so von dir hört!"

Nach dieser Antwort war sie baff! Wer konnte denen etwas über sie erzählt haben? Auch egal, es blieb ihr jetzt keine Zeit mehr zu überlegen, denn sie war schon da und sah sich die Kerle erst einmal an.

Die schienen überhaupt nicht verlegen zu sein und grinsten ihr rotzfrech ins Gesicht. Einen Augenblick lang sagte keiner etwas. Jetzt fingen sie auch noch an zu flüstern, musterten sie offensichtlich und flüsterten weiter! Ziemlich untypisch für Jungs, oder? Fehlte nur noch, dass sie zu kichern begannen! Eva kam das schon unendlich lange vor und es war ihr peinlich einfach nur so dazustehen, allen Blicken ausgeliefert! Sie konnte nichts dagegen tun und bereute es nun hierher gekommen zu sein.

Sie könnte doch sagen: „Schon ein bisschen unhöflich in meiner Gegenwart so zu flüstern!" Sie öffnete gerade ihren Mund, doch leider zu spät.

Denn: „Na Girl, so still heute, bist doch sonst so eine alte Plaudertasche!" Damit hatte er gar nicht so Unrecht, wussten die vielleicht tatsächlich mehr über sie? Von wem bloß? „Erzähl uns was Schönes, ja?"

Er bekam von dem neben ihm, dem süßen Blonden, einen Stoß in die Rippen und fuhr schließlich fort: „... Äh ..., ach ich wollte dich einfach fragen, ob du die ‚Bullen'[1] gesehen hast?"

Sie schüttelte nur ungläubig ihren Kopf.

„Die suchen nach zwei Ganoven, die ohne Nummerntafel auf schweren Maschinen wie verrückt durch die Gegend rasen. Dort hinten an der Kreuzung hätten sie beinahe eine ‚Alte' überfahren und die hat das dann prompt angezeigt! Oder vielleicht hast du sogar die beiden Ganoven gesehen?"

Er hatte noch gar nicht richtig geendet, da bog auch schon ein weißes Gendarmerieauto um die Kurve und machte ganz in ihrer Nähe Halt. Eva blieb die Antwort schuldig. Ein sehr vornehm wirkender Beamter stieg aus, kam auf sie zu und stellte ihr fast dieselben Fragen, nur wesentlich höflicher. Keine Ahnung, warum er gerade ihr seine Aufmerksamkeit als Erstes zuwandte?

Bei den Jungs sprach jetzt nicht mehr der etwas zu groß und nicht allzu dünn geratene Schwarzhaarige, sondern der hübsche Blonde. Er verneinte alle Fragen und auch Eva schüttelte unwissend den Kopf. Somit schien seine Antwort besiegelt, er wandte sich sofort ab und widmete sich wieder dem Autopolieren. Der Gendarmeriebeamte verabschiedete sich noch einmal betont höflich und schlenderte zurück zum Wagen.

Jetzt war der Bann plötzlich gebrochen.

Eva kann heute nicht mehr sagen, woran es gelegen hatte, warum das plötzlich so war, aber mit einem Mal fingen alle an sich ganz gelöst zu unterhalten.

Man wollte ihren Namen wissen und noch so manches weitere Detail aus ihrem Leben.

Doch weil sie auch ihre eigene „Benennung" partout nicht verrieten und auch nicht erraten ließen, verschwieg auch sie ihre „olle Artenbezeichnung", wie sie ihren eigenen Namen im Geheimen nannte. Sie blödelten einfach hin und her und hatten ihren Spaß. Schließlich wurde Eva sogar in eine Baumhütte eingeladen. Sie wusste zwar nicht, wo diese stand, auch wenn ihr der Weg inzwischen bestimmt an die fünfzehn Mal erklärt worden war. Jeder hatte es einzeln versucht, mit unterschiedlichsten Zwischenmeldungen der anderen versehen, doch am Ende hatte sie noch weniger gewusst, oder besser, konnte sie sich noch weniger als zuvor vorstellen, wo diese Hütte liegen sollte.

Schließlich wollte man noch ihre Handynummer wissen, die Eva weder einfach so jedem x-beliebigem weitergeben würde noch wollte sie gleich beim ersten Treffen eingestehen, dass ihre Eltern es wieder einmal „eingezogen" hatten. Sie vertraten die Meinung, Eva sollte sich wichtigeren Dingen zuwenden und nicht ständig telefonierend herumspazieren. Außerdem koste das viel Geld, das ihre Eltern sauer verdienen müssten. Aber wie sollte man seinen Oldies vermitteln, dass man, wenn man abgeschieden von den Freunden lebte, nur übers Handy kommunizieren konnte. Ach egal, sie faselte etwas von kaputt, SIM-Karte und Reparatur ...

Sie versprach demnächst bei der besagten Baumhütte vorbeizuschauen. Irgendwie würde sie da schon hinfinden, auf diesem Gebiet war unsere Eva ja ein kleines Genie.

Ein Blick auf die Uhr ließ sie erschrecken, es war bereits 17 Uhr 30 und erst jetzt bemerkte sie, dass es mittlerweile dämmerte, ja schon beinahe dunkel war! Ihr Bike hatte natürlich kein Licht und ihre Mutter würde bestimmt wieder jammern, also verabschiedete sie sich rasch, aber bestimmt mit einem lauten „Tschau" und radelte drauflos, was das Zeug hielt. Noch über die Schulter rief sie: „Bis bald, Aufwiedersehen!", und ... oh ... beinahe hätte sie jetzt einen Zaunpfahl gerammt! Ein paar Meter weiter wusste sie das schon gar nicht mehr und dachte nur noch: „Was für ein Glück, so nette Jungs!", und freute sich auf ein baldiges Wiedersehen.

Hoffentlich klappte es diesmal wirklich!

2.

Eine wunderbare Einrichtung, so ein Telefon!

In den nächsten Tagen hatte Eva wie üblich nichts zu tun, zumindest nichts wirklich Erwähnenswertes und langweilte sich maßlos. Sie war natürlich schon ein paar Mal an der niedlichen Wiese vorbeigeradelt, aber „ihre" Jungs waren wie vom Erdboden verschluckt! Schließlich gab sie es auf und beschloss, ein klein wenig enttäuscht, es sich zuhause gemütlich zu machen. Zu blöd, dass sie nichts Genaues vereinbart hatten, wer weiß, wann sich da etwas ergäbe! Ihre Eltern waren ausgeflogen, irgendwo auf Verwandtschaftsbesuch. Gott sei Dank hatten sie endlich eingesehen, dass man eine Vierzehnjährige nicht mehr überallhin mitschleppen musste. Noch dazu, würde sie sonst ohnehin stundenlang ein langes Gesicht ziehen und ihnen auch noch die Laune verderben. Außerdem könnte sie durchaus auch einmal ein paar Stunden allein überleben! Sie kramte aus einer Lade ein altes verstaubtes Buch heraus, fand irgendwo noch eine halbe Packung mit leicht feuchten Keksen, was sie jedoch in ihrem Eifer beim Lesen gar nicht bemerkte, und machte es sich auf ihrem Bett gemütlich. Sie naschte also ihre wunderbaren Köstlichkeiten, trank Apfelsaft und las und las und las, doch plötzlich schnellte sie in die Höhe. Das Telefon schrillte – bestimmt schon eine Weile, aber unsere gute Eva hatte sich ja so auf das Lesen konzentriert, da brauchte sie immer ein wenig, bis sie mit ihren Gedanken wieder auf die gute alte Mutter Erde zurückgekehrt war.

Bestimmt wollte Mama wieder wissen, was ihr „kleiner" Spatz gerade machte. Dementsprechend sah Evas Gesicht aus, als sie sich Richtung Telefon bewegte! Total gelangweilt nahm sie den Hörer ab und meldete sich. Zuerst herrschte Stille, doch dann vernahm Eva ein Räuspern und es meldete sich jemand mit einer kräftigen, tiefen Stimme: „Hey, hier spricht der Christoph."

„Was? Wer?"

„Christoph!"

„Ich kenne keinen Christoph!"

„Aber sicher, du weißt schon, der große Schwarze ... wir haben uns am Samstag kennen gelernt ... auf der Wiese beim Autopolieren ... die Bullen kamen dazu."

„Ach ja, mir dämmert's! Na und, was willst du jetzt von mir?"

„Blöde Frage! Dich abholen natürlich und dir den Weg in unsere ‚Hütte' zeigen. Wir haben dich doch eingeladen."

„Ist das denn so selbstverständlich, dass ich mitkommen möchte? Vielleicht habe ich ja schon was vor!" Man konnte doch nicht sofort zusagen, oder?

„Aha, die Lady möchte schön fein gebeten werden! Aber bitte, was tut man nicht alles für seine Freunde in Zeiten wie diesen!

Also: Bitte, liebe Eva, hättest du vielleicht Lust, diesen ach so schönen Nachmittag eventuell mit ein paar ganz reizenden Jungs in einer beschaulichen Hütte zu verbringen? Ich würde dich als edler Ritter natürlich abholen und dorthin geleiten und dich, wenn es sein muss, auch wieder nachhause bringen."

Eva lächelte.

„So, und jetzt Schluss mit diesem Kinderkram! Ich sehe doch durch die Leitung, wie du dich freust. Da staunst du was? Ja, Christoph kann halt vieles. Olala, mir geht die Puste aus, ich rede schon wieder zu viel, also wo und wann können wir uns treffen?"

„Warte, da muss ich nachdenken ... Wie spät ist es jetzt?"
„Drei viertel drei."
„Sagen wir um drei beim Winkerl, okay?"
„Was? Wo? Beim Winkerl? Wo ist das denn?"
„Jetzt lebst du, wie ich annehme, schon dein Leben lang, also ca. siebzehn Jahre in diesem Nest und weißt noch immer nicht, wo das Winkerl ist!?!?!?
Den Bahnweg kennst du ja hoffentlich ... und da wo die Konrad-Wallisch-Straße abzweigt, ist sozusagen das Winkerl! Weißt jetzt schon wo?"
„Ja, ja, habe schon begriffen!"
„Wurde aber auch Zeit, also tschüss, bis nachher!"
Eva legte auf und hatte wahrscheinlich einen Blutdruck von fünfhundert, aber bestimmt keine Zeit sich zu beruhigen!

Irgendwie planlos sauste sie durch die Wohnung. Was wollte sie eigentlich? Ach ja, eine Jacke! Noch ein kritischer Blick in den Spiegel ... So ein Struwellook war einfach praktisch ... noch ein bisschen Gel rein, durchgewuschelt, fertig! Einen Sweater vielleicht noch, später wurde es bestimmt wieder kühl.

Schnell noch zusperren! Sollte sie einen Zettel schreiben? Nein! Sie waren doch selbst Schuld, hätten sie ihr doch das Handy nicht weggenommen!!! So war sie eben nicht erreichbar!

Schon raste sie runter, kramte ihr Rad raus und fuhr los. Natürlich war sie jetzt zu früh dran, denn man brauchte von Evas Elternhaus keine drei Minuten zum vereinbartem Treffpunkt.

Aber da, er war zwar noch weit entfernt, doch sie sah ihn schon.

Als Eva ihm entgegenfuhr, fühlte sie, wie aufgeregt sie war.

Endlich würde sie mal was erleben!

Sie dachte sonst nichts mehr, nur eines wusste sie: Für mich ist die wunderbarste, tollste und notwendigste Erfindung natürlich das Telefon! Manchmal direkt eine Erlösung aus dem Dornröschenschlaf.

3.

Wenn alle Tage so toll wären ...

„Sag, wie hast du meine Telefonnummer herausgefunden? Du weißt doch gar nicht, wie ich heiße!"
Er grinste nur.
„Das lass mal meine Sorge sein, du siehst doch, dass es tadellos geklappt hat, oder? Wenn man nur richtig will, findet man immer einen Weg!"
Wahrscheinlich hatte er Recht!
„Na egal, komm wir starten!"
Es war jetzt eine Weile still und dann: „Du kannst es ja dem Nächsten erleichtern und ihm deine Telefonnummer ganz einfach sagen!"
„Mein Handy ist kaputt und nach der Nummer daheim habt ihr doch gar nicht gefragt! Und ich dachte schon, es gibt euch gar nicht mehr, denn ich habe in den letzten Tagen keinen mehr gesehen!"
„Gut' Ding braucht Weile! Außerdem haben wir noch einiges an der Hütte herumgewerkelt, aber jetzt ist es schon ziemlich perfekt!"
Mittlerweile hatten sie eine kurvenreiche Strecke hinter sich gebracht und waren einige Male abgebogen und jetzt stieg Christoph sogar ab.
„Sind wir schon da?"
„Sicher, oder glaubst du, wir fahren ewig?"
Er legte wieder seine alte trotzige Art an den Tag und ließ sein Rad an Ort und Stelle einfach fallen! Es lehnte nun schräg bei einem Erdhügel. Eva wusste nicht so recht, was sie

machen sollte. Es blieb ihr wohl nichts anderes übrig, als es ihm nach zu tun!

„Muss ich absperren?"

„Ach herrje nein, wer soll denn dein Rad klauen? Da gibt es mittlerweile sicherlich modernere Geräte!"

Er schwieg und sie hatte keine Lust mehr etwas zu fragen, man bekam ja doch nur blöde Antworten. Auch das über ihr Rad nervte. Es war übrigens erst zwei Jahre alt und es hatte einige Überzeugungskraft gegenüber ihren Eltern gebraucht, bis sie ihr erlaubten so ein Bike ohne Licht, ohne Gepäckträger und ohne Kotschützer zu erwerben! Sie hielten davon nämlich rein gar nichts. Und obwohl sie es sich total mühselig selbst erspart hatte, musste sie um die Erlaubnis kämpfen! Ihr wurde jetzt noch schlecht, wenn sie an das elendslange Gezeter ihrer Mutter allein über die Sinnhaftigkeit von Kotschützern dachte.

Sie marschierten um den Erdhügel herum auf eine Wiese und da geradewegs auf einen Baum zu.

Schließlich standen sie vor einer Leiter und diesmal ließ Christoph ihr wieder als Kavalier den Vortritt. Eva lehnte jedoch dankend ab, sie wusste ja nicht, ob nicht gerade bei ihr eine Sprosse den Geist aufgab!

Ehrlich gesagt, war Eva was Höhe anbelangte, einfach ein Feigling. Chris stieg also vor und bot ihr seine Hand, sie zögerte jedoch nach wie vor. Sollte sie oder sollte sie nicht? Ihr schien die Hütte sehr hoch oben zu sein, außerdem hatte sie sich so oder so alles ganz anders vorgestellt! Hartnäckig blieb sie unten stehen und überlegte, was sie jetzt machen sollte.

Plötzlich schaute oben „ihr" Blonder raus und begrüßte sie total freundlich.

Bereitwillig stellte er sich vor. Er hieß Stefan, ihre olle Artenbezeichnung war mittlerweile allen bekannt.

Zu ihm fasste sie sofort Vertrauen. Rasch stieg er runter und half ihr rauf. Ihr war zwar nach wie vor etwas mulmig zu Mute, aber sie schaffte es. Oben angekommen, schaute sie sich erst einmal um. Gelandet war sie sozusagen vor der Haustür auf einer kleinen Terrasse. Momentan interessierte sie die Hütte mehr als die Personen, die da rumliefen. Wie gesagt, wenn man raufkam, stand man gleich auf der Veranda. Im Sommer sicher romantisch, so ganz knapp unter den Zweigen, aber heute war es relativ kalt hier draußen. Zuvorkommend bat man sie ins Innere, also trat sie vorsichtig ein. Eva war einfach entzückt, es war urgemütlich, richtig wie ein kleines Jugendzimmer. Da gab es sogar einen uralten Holzofen, der einfach wunderbar wärmte. Natürlich war vor lauter Zigarettenrauch alles wie vernebelt und im ersten Moment, wenn man eintrat, konnte man gar nicht alles klar erkennen.

Außerdem musste man sich erst an das diffuse Licht gewöhnen. Eva schritt weiter hinein, da stand eine Bettbank oder war es ein Diwan? So leicht konnte man das nicht feststellen, denn es saßen so viele drauf, die sie nun alle musterten. Frisch-fröhlich begrüßte sie alle miteinander. Es schien, als hätte sie ihr altes Selbstvertrauen zurückgewonnen.

Sie drehte sich um und befand sich nun vor einem Stockbett. Die eine Hälfte der zwei Betten war mit einer Wand aus Faserplatten verdeckt und bei der anderen Hälfte konnte man einen Vorhang herunterlassen. Jetzt hatte man diesen mit einem Strick nach oben gebunden, sodass man bequemer auf- und absteigen konnte. Eva inspizierte die Betten. Sie waren ebenso aus Platten konstruiert, darüber hatte man alte Matratzen gelegt und wieder darauf nicht mehr allzu schöne Decken, aber das Ganze ergab eine ziemlich weiche Schicht und man konnte gemütlich darauf sitzen.

Eva wurde gefragt ob sie Red Bull, Martini, Cola, Wein oder einen Gin Fizz zu trinken haben wollte. Als sie sich nicht entscheiden konnte, gab man ihr einfach einen mit Martini gefüllten Becher.

Die Hütte faszinierte sie, daher versuchte sie sich möglichst genau umzuschauen und sich alles einzuprägen. Die anderen ließen sie gewähren. Warum auch nicht? Wenn es sie interessierte. Unter den Betten hatte man eine kleine Bar eingerichtet. Man konnte sie sogar mit einem Vorhang verdecken. Hier standen alle Getränke, die ihr vorhin angeboten worden waren und in einem eigenen Fach gab es frische Gläser. An der gegenüberliegenden Wand hatte man sogar an ein Fenster gedacht! Auch da gab es einen Vorhang. Man konnte es zwar nicht öffnen, aber es war eine gute Lichtquelle. Lüften könnte man ja mittels der Tür, erklärte man ihr.

Sonst gab es nicht mehr viel zu sehen. Zwei selbstgebastelte Boxen hingen an der Wand und auf einem Regal stand eine „Sound-Maschine", die halbwilde Musik herausbrachte, in den weiteren Fächern waren verschiedene Spiele, Karten und Zigarettenschachteln eingeordnet. Den Bretterboden bedeckte ein großer Fleckerlteppich und die Wände zierten Poster aller Art. Als Eva genug gesehen hatte, gelangte sie nach einigen Bemühungen in das obere Stockbett und trank genüsslich ihren Becher Martini. Irgendjemand hielt ihr eine brennende Zigarette hin und sie rauchte ohne zu zögern.

Als sie bereits den dritten Becher Martini intus hatte, begann sie ganz locker zu werden und plauderte darauf los. Es wurden Witze erzählt und über die Schule geschimpft. Was mussten diese blöden Lehrer einen auch ständig etwas fragen, so als wüssten sie es selbst nicht! Und außerdem befand man 90 % des Unterrichtsstoffes als total uninteressant!

Eva hatte natürlich einen kleinen Schwips, aber was machte das schon? Sie redete und redete und redete und am Ende wusste sie selbst nicht mehr, was sie da so alles erzählte. Aber die anderen lachten und sie lachte mit ihnen und das tat unheimlich gut.

Sie war ausgelassen und übermütig und hoffte die Zeit würde nicht so schnell vergehen, doch leider zeigte ein Blick auf die Uhr, dass es längst an der Zeit war sich auf den Nachhauseweg zu begeben.

Sie verabschiedete sich und hatte bereits das Gefühl dazu zu gehören. Stefan half ihr wieder runter und begleitete sie ein kleines Stück, damit sie wieder zur Straße fand.

„Bist du der Boss hier?"

„Ja, es hat so den Anschein, leider."

„Wieso leider?"

„Na, du bist gut, wer glaubst du, organisiert hier alles … und außerdem können sie einem zeitweise ganz schön auf die Nerven gehen, aber ich bin das ja gewohnt, immerhin habe ich einen kleinen Bruder!"

„Aha, meine Schwester ist zwar um viereinhalb Jahre älter, aber ich weiß auch nicht, ob das besser ist. Sie will ständig auf mich aufpassen und spielt sich noch ärger auf als meine Mutter, also tschau!" Sollte sie fragen …?

Doch Stefan kam ihr zuvor: „Kommst du morgen wieder?"

„Soll ich?"

„Natürlich, frag nicht so blöd, du kommst einfach, wenn du Zeit hast. Irgendjemand ist fast immer da."

Irgendjemand?!?

Er blickte auf den Boden und dann zögernd in ihr Gesicht. „Ich würde mich sehr freuen!"

Eva wurde ganz heiß.

„Ich muss jetzt leider wirklich. Tschüss. Bis morgen!"

„Vergiss uns nicht!"

„Nein, nein …!" Wie könnte sie auch? Nach so einem tollen Tag! Eva war total happy!

4.

Doch nicht alle Tage können glücklich sein

In den nächsten Tagen war Eva täglich zumindest für ein knappes Plauderstündchen in der Baumhütte. Alle behandelten sie sehr zuvorkommend, nett und es machte einfach Spaß! Endlich gehörte sie auch dazu. Zuhause erfand sie alle möglichen Ausreden, um wegzukommen und in der Schule bekamen sie schon täglich längere Ohren, wenn Eva so geheimnisvolle Details von sich gab. Besonders weil Stefan, der fesche Blonde, allen Mädchen ein Begriff war! Aber sie war clever, immer erzählte sie nur genau so viel, dass alle neugierig wurden, aber trotzdem nichts Besonderes wussten.

Nur mit Stefan wollte es nicht so recht klappen. Eva war mittlerweile bis über beide Ohren verliebt, aber entweder er war nicht da oder es waren zu viele andere auch noch da! Vielleicht war sie auch gar nicht sein Typ, aber egal, sie würde es schon noch herausfinden!

Doch eines Tages passierte etwas, das natürlich niemand vorausahnen konnte.

Eva war immer klar gewesen, dass sie nicht das einzige Mädchen hier bleiben würde. Schließlich und endlich wollte doch jeder, das waren außer Stefan noch Christoph, Ali, Alfred, Gerhard, Berti, Charly, Mischa und Erwin, zu einer Freundin kommen.

Doch als Eva eines Tages ausgerechnet Marianne in der Hütte auf der Bettbank sitzen sah, drohte sie in Ohnmacht zu fallen oder auszuflippen!

Die beiden waren sich spinnefeind und Marianne verbarg das auch kaum, als sie Eva hitzig an den Kopf warf: „Was, du hier? Was hast du hier zu suchen? Wer hat dich hierher gebracht?"

Eva überlegte sich ihre Antwort genau, sie hasste Marianne! Immer wenn die beiden sich irgendwo begegneten, erzählte Marianne all ihren Begleitpersonen die schlimmsten Dinge über Eva.

Zum Beispiel passten ihr Evas Klamotten nicht, was in Wirklichkeit ungerecht war, denn Eva hatte ein paar ganz passable Stücke, dass sie fast immer in derselben Jeans rumlief, lag daran, weil sie die einfach am liebsten anhatte! Aber das waren ja noch Kleinigkeiten und auch als „Streberin" bezeichnet zu werden, verkraftete sie, aber dass Marianne behauptete, jeder könne Eva schon nach einem Abend haben, das ging wahrlich zu weit!

Marianne hatte doch gar keine Ahnung! Eva hatte zwar eine große Klappe und wusste theoretisch ziemlich alles, doch praktisch ...

Doch so wollte Eva das auch nicht zugeben! Außerdem war sie sich nicht sicher, ob das nicht eher umgekehrt der Fall war, aber es war nicht ihr Niveau solche Gerüchte nachzuplappern.

Marianne hatte einfach ihr ganzes Leben lang versucht Eva alle Freunde auszuspannen. Jetzt fürchtete Eva, es würde hier genau dasselbe passieren. Aber da musste Marianne schon mit einigem rechnen, denn immerhin war diesmal Eva vorher da gewesen, oder doch nicht?

Leider sollte sie sich gerade in diesem Punkt täuschen!

In ihrem Inneren triumphierte sie, endlich konnte sie zeigen, wer sie wirklich war und dass man mit ihr wahrlich nicht alles machen konnte. Man sah es an dem Glitzern in Evas Augen, dass sie etwas vorhatte, was bestimmt nur ein wütendes Mädchen zu Stande brächte. Also volle Kraft voraus!

„Na, hast du etwa gedacht, ich bleibe ewig ein Mauerblümchen und das auch nur geduldet in deinem Schatten, wenn du ausdrücklich nichts dagegen hast?"

Bis jetzt hatten sich die Jungs im Raum nicht eingemischt, aber nun schien es auch für sie interessant zu werden.

Marianne lief rot an. Zornig war sie aufgesprungen und pflanzte sich wutentbrannt vor Eva auf:

„Was willst D U überhaupt hier? D U hast hier nichts verloren, verstehst du, überhaupt nichts! Keiner will dich hier haben, wirklich keiner! V E R S C H W I N D E doch einfach!

Worauf wartest du noch? Nur weil ich einmal vierzehn Tage krank war, glaubst du, du kannst dich hier einnisten?"

Eva war entsetzt, sie hatte mit allen möglichen Antworten gerechnet, aber damit nicht!

Endlich mischte sich Alfred ein: „Ich glaube nicht, dass du hier was zu bestellen hast! Ich muss zwar erst Stefan fragen, aber eines weiß ich genau, du hast hier niemanden rauszuwerfen und Eva gibt es hier auch schon einige Zeit, du hast ja leider mit Abwesenheit geglänzt, warum auch immer!"

Eva dankte ihm innerlich, vor allem weil sie schon mitbekommen hatte, dass gerade er sonst nicht der Schnellste bei seinen Reaktionen war, äußerlich war sie zu aufgebracht, um vernünftig zu agieren. Sie wollte nur noch weg. Wütend drückte sie ihre Jacke an sich und stürmte gerade zur Tür raus, als Stefan über die Leiter raufkam.

„Was, du willst heute schon weg?", fragte er nichts ahnend.

„Mir bleibt wohl keine andere Wahl!", erklärte sie mit halb erstickter Stimme, den Kopf abgewandt, gerade er sollte ihre Tränen nicht sehen! Sollte sich diese blöde Ziege doch ihr Mundwerk über sie zerreißen, aber den Triumph gar über ihre Tränen zu lachen, gönnte sie ihr wirklich nicht, also musste sie sehen, dass sie wegkam.

Nachdem Stefan nun neben ihr stand, war die Leiter frei und sie konnte runter.

Sie spürte förmlich seinen entsetzten Blick.

„Hey, warte mal!" Er eilte ihr nach und hielt sie am Arm fest. Einen Moment schien es sogar, als wollte er sie küssen, doch da wandte sie ihren Kopf ab und er …

„Du weinst ja! Was ist los? Welcher meiner Schurken hat dir solchen Kummer bereitet! Nenne ihn und ich werde für Rache sorgen!"

Seine Stimme klang so theatralisch und außerdem fuchtelte er mit einem anscheinend unsichtbaren Schwert so lustig in der Luft herum, dass Eva augenblicklich wieder lachen musste!

Unten angekommen, legte er seinen Arm um ihre Hüfte und das tat natürlich unheimlich gut. Sie spazierten rund um den Erdhügel und setzten sich auf der gegenüberliegenden Seite ins Gras.

„Na, mein Schatz, kann ich dir irgendwie helfen?"

„Ich bin nicht dein Schatz!" Wütend war Eva wieder aufgesprungen

„Na, na, nicht so laut, ist ja schon gut. Also, kann ich dir nicht helfen?"

Sie brachte nur ein winziges „Vielleicht!" hervor. Eva sah nur noch eine Chance, also antwortete sie: „Marianne ist oben, du kennst sie?"

„Klar doch, sie war zwar jetzt eine Weile nicht hier, aber vorher recht häufig."

In Evas Kopf rauschte es nur so, trotzdem versuchte sie halbwegs ruhig zu bleiben.

„Sie ist meine Erzfeindin und hat mich vorhin rausgeworfen!"

„Was, jetzt mal halblang, Erzfeindin, ein sehr harter Begriff, außerdem hat sie hier niemanden rauszuwerfen, das erledigen wir schon selbst!"

„Okay!"

Traurig schritt sie davon.

„Stopp, sei nicht zickig, zu dir habe ich doch gar nichts gesagt!"

Trotzig blickte Eva auf und: „Na gut, dann entscheide eben, entweder sie oder ich, nebeneinander können wir nicht existieren!"

„Ach, zeitweise seid ihr weiblichen Artgenossen mir tatsächlich zu anstrengend, da sind mir meine männlichen Lebensgefährten doch echt lieber, da ist selbst mein kleiner Bruder noch einfacher!"

Er packte Eva einfach am Arm und befahl ihr mitzukommen.

„Ich weiß schon, was ich zu tun habe, was ich euch beiden, wohlgemerkt euch beiden, schuldig bin!"

Widerwillig, mit nicht ganz reinem Gewissen, ging sie mit. Was hatte er bloß vor? Sie fühlte, dass es ihr ganz bestimmt gegen den Strich gehen würde!

Aber da rief er schon: „Marianne, komm runter!" Sie schaute kurz zu ihnen und fügte sich. Eva würdigte sie allerdings keines Blickes!

„Stell dich vor Eva!"

Scheinbar willenlos, fast wie eine Marionette, gehorchte sie und tat wie geheißen.

„Reicht euch die Hände, vertragt euch, am besten werdet Freundinnen, wäre vielleicht ziemlich interessant! Ihr müsst ja nicht gleich heiraten!"

Es entstand eine kurze Pause.

„Ich weiß, euch wäre es lieber gewesen, wenn ich eine von euch beiden gewählt hätte und die andere für immer wegschicken würde, aber schließlich bin ich der Boss hier und ich habe zu bestimmen. Keine hat sich hier was zu schulden kommen lassen, also was soll's? Und wir haben seinerzeit beim Aufstellen der Hütte mal ausgemacht, dass nur Leute rausgeworfen werden, wenn sie entweder was Blödes angestellt oder wirklich von keinem gemocht werden!

Wenn ihr beide euch nicht ausstehen könnt, ist das eindeutig euer Problem! Für uns heißt das, entweder ihr bleibt beide und vertragt euch, oder ihr könnt verschwinden und kommt nie mehr wieder, aber keine! Wahrscheinlich, so hoffe ich zumindest, wollt ihr das beide nicht! Oder?

Also ziert euch nicht, gebt euch die Hände und vertragt euch, oder wollt ihr euch für immer hassen? Das ist doch Kleinmädchenquatsch, Kindergartenkram, … da steht ihr doch drüber!"

Eva hob als Erste die Hand und Marianne gab nach und schlug ein.

„Wir müssen ja nicht gleich die besten Freundinnen sein, vielleicht versuchen wir für das Erste, einfach nur friedlich miteinander auszukommen, okay?"

„Von mir aus", meinte Eva

„Ihr werdet sehen, das wird schon!"

Ganz so überzeugt schauten die beiden Girls nicht gerade, aber immerhin. Für die drei war die Sache erledigt, zwar war es sicher nicht so ausgegangen, wie die zwei Feindinnen es sich erwartet hatten, aber was machte das schon?

Wichtig war, dass beide hier willkommen waren, denn nicht alle Tage können restlos glücklich sein!

5.

Eine Grillparty zur allgemeinen Aufheiterung

Schon am nächsten Tag waren beide wieder in der Hütte. Nein, noch schlimmer, Marianne hatte noch ein weibliches Wesen mitgebracht. Eva kannte sie nur vom Sehen. Sie hieß Lilo und sprach mit deutschem Akzent. Lilo war Eva auf Anhieb sympathisch, sie war für jeden Betrachter eine Wonne: zart wie eine Barbie, mit langen dunklen Haaren, einem Stupsnäschen und einer total angenehmen Stimmlage. Wenn sie lachte, war das einfach mitreißend. Mischa schien auch ganz hin- und hergerissen. Eva beobachtete ihn insgeheim. Seine Blicke sprachen Bände. Eva grinste innerlich. Mischa war ja auch ein ganz netter Kerl. Mit Marianne kam sie heute sogar ganz gut aus, sie würdigten sich zwar keines Blickes, gingen einander aus dem Weg und wechselten kein Wort, was auf so engem Raum natürlich ziemlich schwierig war, aber sie keiften sich wenigstens nicht gegenseitig an.

Etwas gelöster wurde die Stimmung erst, als Stefan verlauten ließ, dass am folgenden Samstag eine Grillparty steigen sollte!

Man machte große Pläne und hatte vieles vor! Stefans Mutter arbeitete in einem großen Supermarkt und wollte ihnen die Frankfurter spendieren. Eva sollte Senf und Ketschup organisieren. Christoph, Alfred und Ali sorgten für die Getränke sorgen. Gerhard und Berti waren für Lampions und die Beleuchtung verantwortlich. Erwin brachte Grillkohle. Das Fleisch holte ihnen ebenso Stefans Mama und die Rechnung wollten sie sich nachher teilen. Sie hatten zwar schon von jedem 3,– Euro kassiert, aber ob das reichte?

Es traf sich gut, dass Eva das schon am Dienstag erfahren hatte, denn jetzt blieb ihr noch genug Zeit für ihre Oldies, wie Eva sie nannte, wenn sie ihnen halbwegs wohlgesinnt war, eine passende Ausrede zu finden. Alle anderen hatten damit anscheinend kein Problem.

Sie sollte doch die Wahrheit sagen! Unmöglich! Das würden ihre Eltern nie erlauben! Eine Party in einer Baumhütte ohne Erwachsene, dafür mit vielen Jungs – eine mittlere Katastrophe! Manchmal waren sie tatsächlich jenseits von Gut und Böse! Am besten wäre wahrscheinlich Eva säße bis mindestens zwanzig bei ihnen zuhause und würde vielleicht fernsehen oder maximal mit dem Gameboy spielen, denn um die Anschaffung eines PCs kämpfte Eva noch, vom Internet ganz zu schweigen. Ihr Vater war Alleinverdiener und hielt von diesem Technikkram so gut wie gar nichts.

„Geh gescheiter in den Wald, da kannst viel lernen", hörte ihn Eva förmlich sagen, wenn sie das Thema PC auf den Tisch brachte. Na, vielleicht nächstes Schuljahr im Herbst, wenn sie eine weiterführende Schule besuchte, vielleicht hätte sie dann eine Chance! Aber jetzt war erst einmal die Party wichtig!

Sie hatte schon einen Plan! Sie würde ihren Eltern erklären, dass Gabi, eine alte Schulfreundin aus der Volksschule[2], eine Party gäbe. Die mochten sie, also hoffte Eva auf Ausgang mindestens bis Mitternacht!

Gleich morgen musste sie mit Gabi sprechen, hoffentlich stellte sie nicht wieder so doofe Bedingungen wie das letzte Mal! Auch egal! Koste es, was es wolle! Sie musste dahin!

Ach, wäre es nur schon Samstag!

6.

Die Party steigt

Am Samstag um 16 Uhr war es dann so weit. Eva hatte zwar nicht Ausgang bis Mitternacht, aber zumindest durfte sie bis 23 Uhr bleiben. Wenigstens etwas! Die letzten Vorbereitungen waren getroffen und es konnte losgehen.

Erwin versuchte gerade mit Papier und Holzspänen ein Feuer zu Stande zu bringen, leider machte der Wind ihm immer wieder einen Strich durch die Rechnung. Endlich, nach einer halben Stunde, brannten die Grillkohlen tadellos. Ein bisschen Geduld noch, dann konnte man sicher die ersten Würstchen auflegen.

Irgendjemand hatte sie anscheinend mit viel Liebe eingeschnitten und gewürzt. Gegrillt wurde vor der Hütte, sozusagen auf der Veranda. Es war zwar ziemlich kalt, aber alle hatten sich dementsprechend warm angezogen, zeigten rote Wangen und ein gewisses Funkeln in den Augen, sie freuten sich einfach über das Leben. Sie waren sich einig, wenn es wärmer würde, wollten sie so etwas öfter machen! Schon allein die Stimmung, die die Lampions und die innen ausgehöhlten und von kleinen Kerzen erleuchteten geschnitzten Kürbisse ergaben, war etwas wert. Als weitere Lichtquelle diente eine Petroleumlampe, denn elektrischen Strom gab es hier natürlich keinen.

Das alles kam jetzt leider noch nicht voll zur Wirkung, denn es war noch Tag, aber was noch nicht war, sollte ja noch werden!

Trotzdem waren alle schon ziemlich guter Laune. Wahrscheinlich machten das die Getränke. Sie hatten zu den üblichen noch Wodka, Whisky, Campari und jede Menge Red Bull.

Lilo stand etwas abseits mit Mischa in ein sehr intensives Gespräch vertieft. Wer weiß, vielleicht wurde aus den beiden noch etwas … Marianne tat heute besonders geheimnisvoll und versprach nach dem Essen allen eine Überraschung. Eva musterte sie ständig mit gemischten Gefühlen. Was das wohl wieder zu bedeuten hatte? Sie erwartete nichts Gutes, ließ sich jedoch nichts anmerken und beschloss erst einmal abzuwarten. Vielleicht hatte sie ja einfach zu viele Vorurteile.

Auch beim Alkohol hielt sie sich zurück und kippte ihr Glas ein paar Mal, hoffentlich unbemerkt, über das Geländer. Sie ließ nur einen kleinen Schluck drinnen, damit die Farbe passte und schenkte einfach nur Mineral nach.

In den letzten Tagen hatte sie ernstlich versucht, Marianne gegenüber neutrale Gefühle zu entwickeln, aber heute war wieder alles wie weggeblasen! Was führte die bloß im Schilde? Es war bestimmt wieder irgendein Blödsinn!

Auf jeden Fall hatte sie sich erneut gekonnt in Szene gesetzt! War Eva nur eifersüchtig? Sie versuchte sich selbst einzubremsen, vielleicht täuschte sie sich ja doch?

Schließlich hatten alle vom Essen fürs Erste einmal genug, es war übrigens vorzüglich. Eva hatte das den Jungs gar nicht zugetraut. Man bestürmte Marianne endlich ihr Geheimnis zu lüften. Selbstverständlich ließ sie sich erst eine Weile bitten! Eva hasste ihre wichtige Art.

Schließlich setzte sie sich mitten in der Hütte auf den Fleckerlteppich und zog ganz langsam ein Fläschchen aus ihrer Handtasche. Es hieß „Fleckweg" und war eigentlich ein stinknormales Fleckbenzin, das man in jedem Geschäft erwerben konnte. Die anderen verstanden gar nicht, was sie damit wollte und beobachteten sie ganz genau. Sie träufelte einiges von dem Mittel auf ein Taschentuch und schnüffelte daran. Sie schaukelte danach mit dem Oberkörper hin und her und schilderte allen, wie sie jetzt angeblich über Wolken schwebte und welch herrliche Gefühle und Gedanken sie dabei empfände.

Einige waren natürlich sofort begeistert und machten es ihr nach. Stefan hatte das Fläschchen bereits in der Hand, als Eva auf ihn zustürzte und es ihm energisch entriss!

„Lass doch diesen Blödsinn!"

Er starrte sie im ersten Moment entsetzt an und lächelte belustigt, so als hätte er nur einen Scherz gemacht. Beinahe wäre die Party geplatzt, wären nicht ein paar Vernünftige eingeschritten und hätten massiven Widerstand geleistet! Mischa, Erwin, Ali, Lilo und natürlich auch Eva drohten zu gehen und vor allem alle Getränke mitzunehmen, wenn die anderen nicht augenblicklich aufhörten!

Zwar motzten sie ein bisschen und schwafelten etwas von Spielverderbern und Feiglingen, aber schließlich gaben sie nach.

Eva war maßlos enttäuscht! Sie hätte wirklich nie gedacht, dass ihr Typ auch auf so einen Blödsinn reinfallen würde! Stefan war der Erste, der es unbedingt ausprobieren wollte!

Insgeheim war sie doch immer so stolz auf ihn, hatte er doch den gesamten Hüttenbau organisiert und auch welch großen und vor allem ihrer Meinung nach positiven Einfluss er auf die anderen hatte, beeindruckte sie immer wieder. Er hatte einfach einen spitzenmäßigen Body, fast wie ein Bodybuilder. Mittlerweile wusste sie auch warum. Er trainierte tatsächlich und lief auch regelmäßig und nicht nur das, er motivierte auch die anderen zum Sport und wie schon erwähnt, rauchte er nur ganz selten. Im Gegenteil, er motzte oft mit ihr. Und obwohl er toll drauf war, nahm er immer auf den Schwächsten in der Runde Rücksicht! Allein, wie er das olle Gerede von Alfred aushielt. Nie fauchte er ihn an und mit einer Eselsgeduld konnte er ihm vier- und fünfmal hintereinander dasselbe erklären! Außerdem kümmerte er sich manchmal ganz lieb um seinen kleinen Bruder, was Eva natürlich süß fand.

Und jetzt das!!! War das das Verhalten eines Sportlers? Dachte denn hier niemand an die Nebenwirkungen? Glaubten wirklich alle, das wäre nur Spaß und unschädlich?

Eva konnte es kaum fassen! Ihr fehlten beinahe die Worte! Die Gedanken überschlugen sich regelrecht in ihrem Kopf!

Schließlich bekam sie von Mischa Schützenhilfe und gemeinsam suchten sie nach stichhaltigen Argumenten von wegen Suchtmittel. Aber was sie auch sagten, die anderen grinsten breit und nannten sie nur Feiglinge oder Spielverderber, die ihnen keinen tollen und noch dazu billigen „Trip" vergönnten!

Hatte Marianne nicht erzählt, dass einem, erwischte man zu viel, auch furchtbar schlecht werden konnte? Das ging bis zum Erbrechen!

Eva hatte von Stefan wirklich einen anderen Eindruck gehabt. Zwar meinte sie anfangs, er wäre zwecks seines Aussehens ein wahrer Frauenheld, sprich Casanova, mittlerweile wusste sie es besser. Er war weder überheblich noch eingebildet! Außerdem hatte sie geglaubt, er wäre mindestens schon achtzehn. Erst als sie ihn tatsächlich im Pausenhof ihrer Schule sah, wusste sie, dass er wirklich erst fünfzehn Lenze zählte.

Stefan lebte mit seiner Mutter, seinem Bruder und seinen Großeltern eigentlich ganz in ihrer Nähe in einem Einfamilienhaus und war ein totaler Autonarr. Es war für ihn selbstverständlich, dass er das Auto seiner Mutter zum Waschen aus der Garage in die Einfahrt fuhr und anschließend auch ohne Kratzer rückwärts wieder dahin zurückmanövrierte! Diese Selbstsicherheit und sein Auftreten bewunderte sie. Er wollte natürlich Automechaniker werden. Eine Lehrstelle hatte er schon.

Er wusste anscheinend ganz genau, was er vom Leben erwartete und bei ihr schien alles so ungewiss! Und jetzt das!

Sie konnte es einfach nicht fassen, denn in dieser Beziehung wusste Eva wieder genau, dass sie das ganz bestimmt nie probieren würde! Hände weg von allem, was dich im Kopf verwirrt – das war stets ihr Motto!

Inzwischen war es bereits 20 Uhr dreißig und der schöne Anblick der erleuchteten Lampions und der so liebevoll ausgeschnitzten Kürbisse kam erst jetzt in völliger Dunkelheit zur Wirkung, aber Eva sah es gar nicht! Auch ihre Bratkartoffel, die sie sonst so gern aß, hatte sie achtlos zur Seite gelegt. Sie war zu sehr in Gedanken. Man hatte sie maßlos enttäuscht!

Alle Boys, die bisher in ihrem Leben eine Rolle gespielt hatten, tauchten in ihrem Kopf wie eine illustre Runde auf. Jeder kannte jeden, was in Wirklichkeit überhaupt nicht der Fall war und jeder Einzelne war einen bestimmten Preis wert. Der eine mehr, der andere weniger, je nachdem! Eva wusste, dass sie auch jeden Einzelnen auf seine Art gern gemocht hatte, aber jetzt erkannte sie auch, dass sie in keinen je wirklich verliebt gewesen war! Das hatte sie sich zwar eingebildet, aber seit Stefan in ihrem Leben aufgetaucht war, wusste sie, wie es überhaupt ist, wenn man sich Hals über Kopf verliebt. Wenn man vor lauter Sehnsucht gar nichts anderes mehr denken kann, wenn man, egal wo man sich befindet, nur noch sein Bild im Kopf hat und wenn selbst Dinge wie Eis, Schokolade oder Lieblingsspeise zur totalen Nebensache werden! Im Gegenteil, man zeitweise sogar unfähig ist, überhaupt einen Bissen runterzubringen!

Sie hatte sich verdammt viel von diesem Abend erwartet! Vielleicht zu viel!!!

Und jetzt enttäuschte er sie so!!!

Wahrscheinlich ging es diesmal ihr an den Kragen, sonst hatte immer sie mit den „lieben" Jungs gespielt und war ihnen ja immer so überlegen gewesen! So manchem hatte sie in ihrem jugendlichem Leben schon den Kopf verdreht und ihn dann, wenn es ihr sozusagen zu heiß wurde, und dass war immer dann, wenn sie „mehr" von ihr wollten, eiskalt abserviert! Ja, ja diesmal war es halt andersrum!

Vielleicht bedeutete sie ihm nicht mehr, als einem halt eine normale Freundschaft wert ist.

War sie nicht hübsch genug oder fand er sie zu jung? War sie zu jung? Wofür?

Egal! Das war jetzt so und so komplett wurscht[3]!

Es tat ihr furchtbar weh, aber es war eben so! Am liebsten wäre sie aufgestanden und einfach davongerannt, weit weg, ganz weit weg! Von guter Laune oder fröhlicher Stimmung war keine Rede mehr!

Sie wollte jetzt nachhause, vielleicht wusste ihre Schwester Irene einen Rat. Über all ihren Sorgen hatte Eva ganz vergessen, dass heute ja Samstag war und ihre um viereinhalb Jahre ältere Schwester würde unter Garantie nicht daheim sitzen und auf Evas Heimkehr warten!

Beim Verabschieden musste sie sich sehr zusammenreißen, aber sie maulte etwas von zu viel gegessen und Übelkeit. Stefan sah sie groß an und meinte, sie könnte doch ruhig noch ein Weilchen bleiben. Aber sie wollte nicht, sie hielt diese Stimmung einfach nicht aus. Und wenn sie Marianne sah, wie sie noch immer auf dem Fleckerlteppich saß und mit total verklärtem Gesicht etwas vor sich hin murmelte, packte sie der pure Zorn! Was sollte daran toll sein, wenn man drein sah, als hätte man buchstäblich nicht mehr alle beieinander. Sie ging also.

Sie war natürlich ziemlich enttäuscht, als sie zuhause nur ihre Eltern vorm Fernseher sitzend vorfand. Als Vati auch noch nach der Party fragte, mogelte sie ihm beste Laune vor und er lobte sie natürlich wegen ihrer Überpünktlichkeit! Es war schließlich erst 21 Uhr 15!

Eva verzog sich nach einer kurzen Katzenwäsche ins Bett und begann hemmungslos zu heulen! Warum war Irene genau dann nicht da, wenn man sie brauchte?

Irene hatte Eva schon vor einigen Tagen auf den Kopf zugesagt, dass sie unheimlich verliebt sei, aber Eva hatte das natürlich heftig bestritten!

Auch diese elende Heulerei brachte nicht wie sonst Erleichterung, nein, es verschlimmerte ihr Elend nur! Was sollte sie nur tun? Am liebsten hätte sie Marianne verbannt! Irgendwohin auf eine einsame Insel, ja, genau da gehörte sie hin, da könnte sie dann keinen Schaden mehr anrichten!

Immer wieder brachte diese Frau nur Unheil! Sie wusste schon, warum sie Marianne partout nicht ausstehen konnte! Immerhin war sie auch diesmal an all ihrem Kummer Schuld, aber das stand natürlich nicht zur Debatte!

Eva grübelte und grübelte! Das erste Mal in ihrem Leben stellte sie sich die Fragen: „Wozu bin ich denn eigentlich auf der Welt? Was hat das alles für einen Sinn? Hat es überhaupt einen Sinn zu leben? War alles vorbestimmt oder verfügte man doch über eine gewisse Entscheidungsfreiheit? Oder ging so oder so jede Tat, jegliche Handlung im Rummel dieser Welt unter? War denn überhaupt irgendetwas wichtig oder richtig? Wer bestimmte das? Wer zog da alle Fäden? Gab es Gott? War er es?"

So und ähnlich grübelte Eva und sie wusste natürlich genau, dass es auf solche Fragen keine Antworten gab! Stellte sich eigentlich jeder Mensch irgendwann in seinem Leben diese Fragen? Als sie kleiner war, hatte sie über solche Dinge nie nachgedacht und die Erwachsenen schienen damit ebenso kein Problem zu haben!

Eva hatte überhaupt oft das Gefühl, dass die meisten von ihnen einfach nur so dahinlebten und überhaupt nichts mehr hinterfragten!

Würde sie die Antworten je erfahren?

Es hatte keinen Sinn. Je mehr sie sich Gedanken machte, desto mehr Fragen stellten sich und die Antworten blieben allesamt aus.

Mittlerweile war sie auch ziemlich müde, sie wollte nur noch gemütlich einschlafen. Morgen war ein neuer Tag, vielleicht ein besserer ...

7.

Geht es wieder bergauf?

Na ja, wer weiß das schon im Voraus? Eva fühlte sich wie ein geprügelter Hund. Zu nichts hatte sie eine rechte Lust! Sie wollte nichts unternehmen, also verkroch sie sich mit einem Buch in ihrem Zimmer. Zwar versuchte sie sich ernsthaft zu konzentrieren, aber sie las fünf Zeilen, dachte nach, las wieder drei Zeilen, dachte weiter und hatte nach ein paar Seiten nicht die geringste Ahnung, worum es in diesem Buch ging!

Es hatte keinen Sinn! Da konnte doch niemand lesen, wenn einem derart wichtige Probleme im Kopf herumschwirrten!

Sie fand und fand keine Lösung! Eigentlich war heute Sonntag und den sollte man doch genießen, aber mit so schweren Gedanken im Kopf war das halt nicht so leicht möglich.

Sollte sie einfach wieder zur Hütte fahren und nachsehen, so tun, als sei gar nichts geschehen?

Das konnte sie nicht. Sie war nicht fähig Stefan einfach in die Augen zu schauen, zu groß war ihre Enttäuschung! Oder vielleicht doch, vielleicht hatte er es sich doch anders überlegt und es gar nicht ausprobiert? Wahrscheinlich war alles gar nicht so schlimm, wie es aussah, dramatisierte sie wieder einmal? Sollte sie einfach hinfahren und reinspazieren?

War es klüger Stefan ein wenig zappeln zu lassen? Würde er sie dann vermissen? Vielleicht bereute er das Ganze ja schon?

Ihre Neugierde war bereits erwacht!

Sie kramte in ihrer Schultasche rum, nahm ihr Mitteilungsheft[4] heraus und: „Ach ja, wir haben in zwei Tagen unsere Englischschularbeit!" Normalerweise sollte sie also ein bisschen lernen, aber für Eva war das meist ein Fremdwort! Trotzdem hatte sie kaum schlechtere Noten als „Gut". Sie passte in der Schule (fast immer, wenn sie nicht gerade mit einem wichtigen Brief oder einer Tratscherei beschäftigt war) gut auf und machte ihre Hausaufgaben wirklich allein und das genügte fast immer. Heute hatte sie allerdings nichts Besseres zu tun, also begann sie die einzelnen Lektionen durchzulesen.

War das öd! Bald hatte sie genug!

Wenn man schon alles im Unterricht begriffen hatte und sich einem beim Üben keine Probleme mehr in den Weg stellten, wurde es eben gleich langweilig. In Mathe war das bei Eva etwas anderes, da verstand sie nicht immer alles so genau, aber die Mathematikschularbeit war doch erst in zwei Wochen, da zahlte es sich jetzt noch nicht aus mit dem Lernen zu beginnen, womöglich vergaß sie sonst alles wieder. Wozu sich also schon so früh mit derart öden Dingen quälen?

Eva legte sich kurzerhand auf das Bett und versuchte ein wenig zu schlafen, aber auch das klappte nicht. Irgendwie schlug sie die Zeit mit lauter unnützen Dingen, wie fernsehen, im Zimmer auf- und abmarschieren, völlig gedankenlos in Zeitschriften blättern oder Gameboy spielen einfach tot. Nichts machte Spaß! Immer wieder schweiften ihre Gedanken zur Hütte und zu besagter Party zurück.

Am nächsten Tag erging es ihr nicht besser. Sie plagte sich so lange, bis sie es nicht mehr aushielt, ihre Jacke vom Haken riss, hinunterlief, ihr Rad schnappte und zur Hütte fuhr.

Es war alles anders, als sie erwartet hatte. Fast alle von der Clique waren wieder versammelt. Eva war enttäuscht, sie hatte gehofft, Stefan allein anzutreffen, dann hätte sie ihm besser ihre Meinung sagen können, so konnte sie ihn nur mit bösen Blicken strafen!

Aber bald ließ sie auch das sein! Er reagierte ja doch nicht, ignorierte es einfach.

Sie zog es vor, sich allein auf die Terrasse zu begeben. Da stand seit Neuestem eine alte ausrangierte Rückbank eines Autos. Sie erschien Eva ganz bequem, also legte sie sich drauf und dachte wieder einmal nach! Ihre Augen schloss sie natürlich, deshalb bemerkte sie nicht, dass Stefan schon eine Weile neben ihr stand. Er setzte sich, nahm sachte ihren Kopf, hob ihn hoch und legte ihn behutsam auf seinen Schoß. Erst jetzt, als sie ihren Haarschopf höher als gewöhnlich spürte, blickte sie auf.

Beinahe hätte sie geschrien: „Wie kannst du mich bloß so erschrecken?"

Er lächelte nur.

Keiner sagte etwas, sie dachte auch gar nicht mehr daran, ihm die Meinung zu geigen. Sie lag einfach da und genoss seine Nähe. Sie blickte durch ein Loch im Baumlaub geradewegs in den Himmel. Stefan strahlte etwas aus, Eva konnte es nicht definieren, es war einfach sonderbar. In seiner Nähe fühlte sie sich beschützt, einfach geborgen, da war totale Zärtlichkeit, vielleicht sogar Liebe und Mut, aber auch eine Spannung, dass es ihr fast den Hals abschnürte.

Jede Berührung von ihm war als flösse elektrischer Strom durch sie hindurch! Auf einmal näherte sich sein Gesicht dem ihren und dann hörte sie eine zärtliche Stimme sagen: „Eva, ich mag dich. Du bist ein richtiger kleiner Goldschatz."

Funkstille! Er war ihr nicht mehr böse, wo sie ihn doch so angeschnauzt hatte.Eva hätte jede Antwort als unpassend empfunden und war still!

„Nimm das bitte nicht auf die leichte Schulter und mach dich darüber nicht lustig. Ich habe so etwas noch nie einem Mädchen gesagt!"

Eva öffnete den Mund und, aber er unterbrach sie, noch ehe sie etwas sagen konnte.

„Bitte, sprich jetzt nicht, zerstöre nicht all meine Träume. Ich fühle, ich weiß, du magst mich auch sehr. Oder etwa nicht? Ich habe noch nie so gesprochen. Es war mir immer egal, wenn ein Mädchen was von mir wollte, habe ich sie einfach ausgenützt, der Rest war mir egal, es ging ja so leicht, und wirklich nie waren ernste Gefühle dabei!

Ich bin auch nicht der Typ, der sich über alles Gedanken macht oder mit großen Worten um sich schmeißt. Das kann ich mir selbst nicht erklären, aber so viele Gefühle wie jetzt hatte ich noch nie in mir. Es ist, als wäre ich plötzlich ein anderer. Wenn du nicht so empfindest – bitte sag nichts –, steh einfach auf und geh, dann weiß ich, dass ich mich getäuscht habe. Ich lasse dich natürlich in Zukunft in Ruhe und werde einfach versuchen, dir ein guter Freund zu sein!"

Eva ging selbstverständlich nicht, sondern setzte sich lediglich auf, umarmte ihn und gab ihm einen Kuss. Zuerst ganz behutsam, dann immer leidenschaftlicher.

In ihrem Hinterkopf glaubte sie eine Stimme zu hören, die eindringlich flüsterte: „Geh nicht fort, bleib bei mir, du wirst sehen, wir werden zusammen eine sehr schöne Zeit verbringen. Wir werden viel unternehmen, werden schwimmen gehen, Rad fahren, gemeinsam Musik hören, lesen, im Winter Ski fahren, rodeln, Eis laufen ... und wir werden uns gegenseitig erforschen. Unsere Körper werden sich langsam näher kommen, werden sich ganz behutsam lieben lernen.

Wir werden viel von der Welt, aber auch voneinander abschauen. Vielleicht werden wir uns streiten, aber bestimmt auch wieder versöhnen.

Also was gibt es noch zu bedenken? Gib doch zu, du hast dich schon lange entschieden! Vielleicht kannst du es noch gar nicht erfassen, aber es ist sinnlos sich zu wehren. Es ist halt passiert! Passiert – Blödsinn! Ein Traum ist wahr geworden!

Du bist bis über beide Ohren verliebt! Verliebt! Verliebt!" Es klang wie ein Echo in ihren Ohren. Irgendwie war es wie in einem Film, fast schon kitschig!

Es gab mit einem Schlag gar keine Probleme mehr. Oder war das nur so, weil Eva zu faul, nein, das ist nicht der richtige Ausdruck, eher schon zu blockiert war, um überhaupt noch darüber nachzudenken! Es war auch egal!

Eva wollte ihre Augen gar nicht öffnen. Womöglich zerplatzte alles wie eine Seifenblase?

Stefan hatte aufgehört sie zu küssen. Sie sahen sich nur an. Sie ließ ihn los und zwickte sich heimlich in den Arm!

„Hast du wirklich ernst gemeint, was du da vorhin sagtest?" Evas Blick sprach Bände.

„Vielleicht spielst du doch nur mit mir und dieses ‚Gerede' gehört für dich irgendwie dazu, das sind dann ganz die Gefährlichen, die sich uns weiblichen Wesen ins Herz schwindeln, um uns zu versklaven?"

Sanft streichelte er ihr übers Haar.

„Ach, mein kleines Dummerchen, wie kannst du nur so von mir denken? – Weißt du überhaupt, dass du leuchtende grünbraune Augen, schönes dichtes Haar und einen süßen kleinen Mund besitzt?"

Schon wollte Eva …

„Komm, hör schon auf, es ist mir natürlich bekannt, dass es noch hübschere Mädchen als dich auf dieser Welt gibt, aber du gefällst mir einfach, du passt mir, dein Gesicht, deine Figur, deine Art. Vielleicht kennen wir uns wirklich noch zu kurz, um das zu beurteilen, aber du bist mir einfach so vertraut!

Wahrscheinlich willst du mir jetzt erklären, dass man sich sehr täuschen kann, aber es scheint mir, als würden wir uns bereits seit ewigen Zeiten kennen. Nicht dass du glaubst, ich würde an dir keinen Fehler sehen, denn jeder Mensch hat welche, ich natürlich auch. Nein, aber ich kann mit deinen

Fehlern bestimmt leben, wenn mich bis jetzt noch nichts gestört hat! Sie belasten mich nicht. Ich will dich so, wie du bist!

Wenn man einen Menschen erst einmal ändern möchte, damit man mit ihm zusammen sein kann, bringt das gar nichts. Sicher, Kleinigkeiten – ja, darüber kann man diskutieren, aber der ‚Rahmen' muss passen. Weißt du, wenn man das erste Mal glaubt verliebt zu sein, wenn man da für jemanden schwärmt, dann soll derjenige wie der Traumtyp, den man sich in seiner eigenen Fantasiewelt zusammengezimmert hat, sein. Merkt man dann, dass dieser Mensch doch nicht ganz so dem entspricht, ist man enttäuscht und versucht sofort das zu ändern, was natürlich auch kläglich zum Scheitern verurteilt ist, also geht die Beziehung in Brüche.

So etwas erlebt jeder einmal, aber mit der Zeit wird man reifer und gescheiter.

Heute rede ich gar viel! Fast schon philosophisch, ist sonst gar nicht meine Art. Hörst du mir überhaupt noch zu?"

Eva hatte sich wieder hingelegt und war mit dem Kopf auf seinem Schoß eingeschlafen. Natürlich nur zum Schein, sie wollte jetzt einfach nichts sagen, sie war zu überwältigt, und wie er da daherredete, das war sonst wirklich nicht seines, er, der „Obercoole".

Stefan war enttäuscht! Er hatte die gesamte Rede umsonst gehalten und dabei hatte er sich schon so gefreut, dass sie so geduldig zuhören konnte, wo sie doch sonst ein richtiges kleines „Plappermäulchen" war, das sich über jede Kleinigkeit aufregen konnte, ständig sofort Partei ergreifen musste und ihre Meinung dann meist ziemlich lautstark zu Gehör brachte.

Er wollte geduldig warten, bis sie erwachte.

Eva schlief natürlich nicht, wer könnte denn so einen Moment verschlafen? Am liebsten hätte sie vor Freude sogar getanzt, aber trotzdem war sie andrerseits fast wie gelähmt!

Stefan betrachtete trotz allem zufrieden ihr Gesicht. Eva spürte seine zärtlichen Blicke.

Schließlich ließ ihn ein menschliches Bedürfnis ziemlich unruhig werden, bis er es nicht mehr aushielt und ihren Kopf behutsam auf die Bank legte. Selbst als er zurückkam, tat Eva so, als schliefe sie noch. Er kniete vor sie hin und begann sie ganz sachte zu küssen, zuerst die Stirn, anschließend die Augen, die Wangen, die Nasenspitze und am Ende den Mund.

Eva schlug nach einer Weile die Augen auf und restlos benommen meinte sie: „Bin ich etwa eingeschlafen, während du mir so einiges erzählt hast?"

Er nickte belustigt. Sie sah auch zu komisch aus mit ihrem „verschlafenen" Gesicht, der zerdrückten Jacke und dem entsetzten Getue.

„Oje, das tut mir aber Leid! Was bin ich doch für eine Schlafmütze, jetzt habe ich bestimmt was Tolles versäumt! Na ja, selbst Schuld! Immerhin habe ich letzte Nacht nur zwei Stunden geschlafen!"

„Warum das denn?"

„Ach, mich beschäftigten ein paar wichtige Probleme, aber bis auf eines hast du ja alle wunderbar gelöst."

Sie hauchte ihm einen Kuss auf die Wange.

„Ich bin ziemlich happy, weißt du!"

Eindringlich blickte er ihr ins Gesicht: „Und welches Problem gibt es da noch?"

So, jetzt war der Moment da! Was sagte sie ihm jetzt nur? Die Gedanken in ihrem Kopf überschlugen sich nur so. Jetzt galt es die richtigen Worte zu finden oder sollte sie einen besseren Zeitpunkt abwarten und den heutigen Tag genießen?! Nein, das war nicht Evas Naturell! Also los!

Sie schlang ihre Arme um seinen Nacken und kuschelte sich eng an ihn. Ein Weilchen verharrten sie so.

„Stefan ..., Stefan ... ich weiß gar nicht, wie ich es dir sagen soll. Ach was, einfach heraus damit! Bitte, nimm nichts mehr von diesem blöden Zeug! Was hast du denn davon, wenn du high bist und mich vielleicht nur wie durch eine Dunstglocke wahrnimmst?"

Energisch entzog er sich ihrer Umarmung, hüpfte auf und: „Es ist wirklich irre, ich habe solche Gefühle vorher noch nie erlebt!"

Er hatte es also doch versucht!

„Probiere es doch einfach aus, dann merkst du es!"

„Nein, niemals!!!" Auch sie war aufgesprungen und wie eine Viper stand sie ihm gegenüber! „Bitte hör auf damit, bevor du immer mehr haben willst und süchtig wirst! Dieses Zeug ist sicherlich gefährlicher, als du glaubst!"

Er lächelte verschmitzt. Irgendetwas führte er im Schilde, das fühlte sie.

„Okay, aber nur, wenn du aufhörst zu rauchen!" Er rauchte nämlich nicht regelmäßig, sondern nur ganz selten.

Jetzt schaute Eva etwas betreten drein. Er hatte sie an einem ziemlich empfindlichen Punkt getroffen. Sie rauchte schon ein Weilchen und dachte eigentlich nicht im Geringsten daran aufzuhören, denn sie bildete sich immer ein, ihr ginge es nach einer Zigarette besser, vor allem wenn sie etwas ärgerte, wollte sie unbedingt rauchen, aber … Oft stellte sie sich dabei auch ihren Vater vor, der sich maßlos ärgern würde. Er rauchte selbst nämlich sehr stark und wollte seine Töchter natürlich vor dieser Sucht bewahren.

„Gut, ich versuche es. Wie spät ist es eigentlich schon? Was, siebzehn Uhr? Ich sollte längst daheim sein. Mama sucht mich bestimmt schon!"

Schon war sie auf der Leiter.

„Hey, warte mal! Krieg ich eigentlich keinen Abschiedskuss?"

Natürlich kletterte sie rasch noch einmal zurück, marschierte auch rein zu den anderen, verabschiedete sich und gab Stefan einen ordentlichen Kuss. Schnell wurde für morgen ein Date vereinbart und ab ging es. Eva schwebte beinahe auf rosa Wolken nachhause. Sie war noch nie in ihrem Leben so glücklich gewesen.

Also hatte sich auch ihre Laune um 180 Grad gebessert! War selbstverständlich nicht anders zu erwarten!

8.

Hält das Glück an?

In den nächsten Tagen lief nichts so, wie es sollte!
Erstes Übel: Mami machte wieder einmal so einen richtigen Putztag und Eva sollte natürlich helfen!
Dates ade!
Es blieb ihr nichts anderes über, als sich rasch heimlich in den unteren Stock zu ihrer Omi zu verdrücken, um heimlich ihren Schatz anzurufen. Ihr Handy war ja noch immer in ihres Vaters Hand! Omi war da stets sehr rücksichtsvoll und äußerst großzügig, außerdem schon etwas schwerhörig, sie verstand also nicht, was Eva am Telefon sagte.

Das war natürlich ein riesiger Vorteil gegenüber ihrer Mutter. Omi zwinkerte Eva höchstens zu und meinte meist: „Die jungen Leute haben halt so ihre kleinen Geheimnisse!" Eva grinste dann zurück und bedankte sich mit einem Busserl. Wenigstens erreichte sie Stefan auf Anhieb und auch er war recht eingeteilt in den nächsten Tagen, also alles halb so schlimm.

Zweites Pech: Eva hatte eine riesige Extraarbeit ausgefasst. Leider hatte sie in der großen Pause bei einer Klassenschwammschlacht die Gangaufsicht, nämlich ihren Klassenvorstand, an Stelle eines Mitschülers getroffen. Musste der doch auch im falschen Moment den Kopf zur Tür hereinstecken! Was soll's, kann passieren! Den Aufstand danach muss man wahrlich nicht schildern und immer wieder hörte sie: „Du, Eva? Von dir hätte ich das nicht erwartet! Nein, so etwas …, Eva, dass du …!"

Sie konnte nur noch mit puterrotem gesenktem Kopf dastehen und hoffen, dass die Pause bald aus war.

Dritte Misere: Auf die Englischschularbeit hatte sie zwar ein „Sehr gut", aber Jackie, so nannten sie ihre Englischlehrerin heimlich, hatte ihr daraufhin gleich zwei Mitschüler zugeteilt, mit denen sie deren Arbeit verbessern und durchüben sollte. Diese „Olle" immer mit ihren gar „tollen" Ideen, niemand, wirklich gar niemand mochte sie.

Somit waren drei Nachmittage ausgefüllt! Was sollte sie denn tun? Vielleicht mit ihrer Mutter streiten und sich gegen die Arbeit auflehnen? Damit provozierte sie nur einen Hausarrest und der diente ihr bestimmt nicht!

In der Schule war das ebenso ziemlich sinnlos. Nein, es hatte keinen Sinn, sie musste das alles einfach durchstehen und es so rasch als möglich hinter sich bringen!

Und siehe da, die Zeit verging flotter als gedacht! Mama strahlte, als alles wieder blitzsauber war und lobte sie über den grünen Klee. Bei ihren Mitschülern hatte sie einen tollen Eisbecher aufgewartet bekommen und zusätzlich noch eine Taschengeldaufbesserung, was wollte man mehr und auch die Zusatzarbeit für ihren Klassenvorstand ging schneller von der Hand als erwartet. Na, bitte.

Nach diesen drei grässlichen Nachmittagen freute sie sich wie wild auf die Hütte. Heute würde es klappen! Sie hatte gestern sogar schon Hausübungen erledigt, die sie erst in den nächsten Tagen abgeben musste, nur damit sie heute ja ihre Ruhe hatte.

Ihre Freundin Melitta musste sich am Vormittag mindestens zehnmal anhören, wie sehr sich Eva auf den Nachmittag freute! Melitta war wirklich sehr geduldig, auf sie konnte man sich in allen Lebenslagen verlassen, nur leider wohnte sie ziemlich weit weg. Noch dazu auf einem Berg, sodass man sich nicht ganz einfach so für ein Plauderstündchen nach der Schule treffen konnte. Zwar verbrachten sie ab und zu ein

Wochenende oder ein paar Ferientage bei der einen oder anderen, aber einfach war das nicht, da die Eltern von beiden sich da recht kompliziert verhielten. Evas Mutter tat überhaupt immer so, als käme der Staatspräsident persönlich! Da musste die Bettwäsche gewechselt werden, es wurde immer das Lieblingsessen des Besuches aufgetischt und nirgends durfte ein Staubfuzerl liegen!

Melittas Mutter glaubte wiederum immer zu wenig Zeit für die Mädels zu haben, da sie in der Landwirtschaft mithelfen musste.

Am wenigsten anstrengend war meist, wenn sie einfach den Nachmittag in der Stadt verbummelten, am Abend mit dem Bus heimfuhren und weder bei der einen noch bei der anderen auftauchten, meist bekamen sie dann auch noch ein Jausengeld und verbrauchten das natürlich piekfein bei Mc Donald's.

Eva schwor sich immer wieder, dass sie bei ihren Kindern niemals so reagieren würde. Noch dazu wusste sie nur zu genau, dass einem ohne Aufsicht meist noch mehr Blödheiten einfielen!

Trotz dieser unbändigen Vorfreude auf ihr Date, fühlte Eva sich irgendwie geschlaucht. War wohl doch ein bisschen viel gewesen in den letzten Tagen!

In der zweiten Pause ging es erst richtig los! Eva war sehr hungrig, doch schon nach drei Bissen ihres Jausenbrots musste sie aufhören, ihr war plötzlich übel, außerdem plagten sie ganz komische Bauchschmerzen. Schließlich half nur noch der Weg auf das Klo!

Zuerst fühlte sie sich erleichtert, aber bereits nach ein paar Minuten begann es von vorne! Schreckliche Übelkeit und noch schlimmere Bauchschmerzen! Nach der fünften Stunde entließ man sie und mit letzter Kraft schleppte sie sich zum Bus.

Beinahe hätte sie nicht durchgehalten und den Bus vollgek...! Grässlich! Endlich draußen, verschwand sie sofort hinter dem Wartehäuschen. Hoffentlich hatte sie niemand gesehen, es war ihr einfach peinlich. Obwohl, immer noch besser als im Bus. Sie fühlte sich so schlapp, dass sie sich nur mit Mühe heimwärts schleppte.

Endlich ein Bett!

Sie konnte nicht einmal mehr richtig denken, wollte nur noch ihre Ruhe. Bbrrrr, diese Kälte, herrlich so eine Decke, endlich schlafen. Ihre Mutter war sehr besorgt und jammerte, weil Eva nicht Mittagessen wollte, sie befühlte ihre Stirn: „Oje, ich glaube du bekommst Fieber!" Sie wollte Eva rasch einen Tee bringen, aber darauf wartete diese nicht mehr, sie schlief fast augenblicklich ein. Der Tee blieb unangetastet am Nachtkästchen stehen.

9.

Date ade

Eva wurde erst wieder wach, als ihr Hausarzt vor dem Bett stand und ihre Stirn anfühlte. Mama übertrieb wieder einmal, sie brauchte doch nicht gleich einen Arzt. Fieber messen.

„Was, fast 40 ° C mit Bauchschmerzen und Erbrechen – das deutet alles auf den Blinddarm hin!"

Er tastete ihren Bauch ab und im Unterbauch schmerzte es höllisch! Am liebsten hätte sie aufgeschrien und ihm auf die Finger geklopft. Ging das nicht ein wenig sanfter?

„Am besten wäre, sie lässt ihn sich demnächst entfernen, ich habe ihr zwar etwas aufgeschrieben und wahrscheinlich wird er sich auch wieder beruhigen. Aber der meldet sich bestimmt demnächst wieder und meist wird es von Mal zu Mal schlimmer. Wenn er dann sehr arg entzündet ist, ist die Operation auch nicht gerade ungefährlich!"

Ein Gruß noch und ein lieber Blick auf Eva und weg war er!

Der Arzt natürlich, noch nicht der Blinddarm! Eva war jetzt endgültig zum Heulen zu Mute! Was hatte Mama da an der Tür gesagt: „Jetzt während der Schulzeit ist das ganz schlecht!"

Typisch Mama, nur ja nicht zu lange von der Schule fernbleiben! Da musste man schon mindestens im Sterben liegen, sonst gab es da nicht viele Ausreden. Nur ja nicht zu viel vom Unterricht versäumen! Immer stets pflichtbewusst! Man konnte doch nicht jedes „Schmarren"[5] wegen zuhause bleiben, wenn das alle machten. Aber was machte das? Viel schlimmer war es, dass sie Stefan auch heute nicht sehen würde! Was würde er denken, wenn Eva schon wieder nicht auftauchte?

Sie musste ihn unbedingt benachrichtigen! Die Frage war bloß, wie? Was sollte sie tun? Ihre Mutter einweihen – unmöglich! Eva fand es zwar traurig, aber ihre Mutter war einfach zu konservativ. Wahrscheinlich lag es an ihrer eigenen Erziehung. Sie würde ihr sofort den Treffpunkt Baumhütte verbieten und Stefan natürlich erst recht! Mit vierzehn konnte man doch unmöglich schon verliebt sein! Was würden denn da die Nachbarn sagen?! Einen offiziellen Freund mit vierzehn, um Gottes Willen, daran durfte sie erst gar nicht denken!

Runter zu Oma mit Fieber, unmöglich! Sie konnte nicht einmal ihren Kopf hochheben, schon drehte sich alles, die Stiege schaffte sie in diesem Zustand nie! Wenn Mama doch wenigstens ihr Handy wieder rausrücken würde! Einen Versuch war es wert.

„Mama, könnte ich bitte mein Handy wiederhaben, ich möchte nur ein paar Freundinnen Bescheid sagen."

Ihre Mutter schien nachzudenken und verschwand aus dem Zimmer. Eva wagte gar nicht zu hoffen. Doch nach ein paar bangen Minuten brachte die Mutter das Telefon tatsächlich herein und ließ Eva rücksichtsvoll allein im Raum. Sofort... ach „Scheibe"⁶, sie hatte doch gar keinen Cent auf ihrer Wertkarte! Noch einmal dasselbe Spiel!

„Mama, gehst du heute noch einkaufen?"

„Warum? Was brauchst du denn?"

„Ich habe ja kein Guthaben mehr auf meiner Wertkarte!"

Wieder das kurze Überlegen. Hoffentlich folgte jetzt keine Predigt, Eva kannte bereits die gesamte Litanei, und immerhin war sie krank.

„Okay, ich brauche ohnedies noch einen Liter Milch und das Salz ist auch beim Ausgehen. Ich bringe dir eine mit."

Eva verschnaufte. Nicht mal die Frage, ob sie überhaupt noch so viel Geld hätte, das hieß, Mama würde sie finanzieren. Wenigstens ein Lichtblick. Es dauerte auch gar nicht lange und ihre Mutter war wieder da. Jetzt aber. Oh nein, sie hatte doch keine Handynummer von Stefan.

Unmöglich konnte sie jetzt ihre Mama rufen und um das Telefonbuch bitten, wusste sie doch, dass Eva alle ihre Freundinnen eingespeichert hatte. In ihrer Not rief sie Melitta an. Wenigstens klappte das diesmal mit dem Empfang, die sollte mal versuchen irgendjemanden übers Festnetz zu erreichen. Eva erklärte ihr rasch ihre fürchterliche Situation und nannte ihr einige Namen, nur leider kannte sie keine genauen Adressen, doch egal! Melitta war halt echt ein wahrer Kumpel, auf sie konnte man sich immer verlassen! Sie wollte in ein paar Minuten zurückrufen. Total entspannt wartete Eva. Gut dass sie eine Lösung gefunden hatte, cleveres Mädchen!

Mama brachte frischen Kamillentee. Eva würgte es beinahe, allein der Geruch war kaum auszuhalten, und da sollte sie ihn auch noch trinken! Papa war auch eingetrudelt. Er musste schon einmal da gewesen sein, denn er hatte jetzt ihre Medikamente mitgebracht.

„Na mein Mädchen, das wird schon wieder!"

Sie brachte sogar ein verzogenes Lächeln zu Stande. So große Kapseln, wie sollte sie die denn runterbringen? Na dann Prost, aber wurscht, irgendwie ging das auch. Hauptsache, sie konnte Stefan heute noch Bescheid sagen! Baaahhhh, das dauerte! Wie spät war es, als sie Melitta angerufen hatte? Sicher schon vor zehn Minuten! Was tat die nur so lange? Eva legte ihr Handy direkt neben ihren Kopfpolster und versuchte ganz ruhig zu bleiben!

Mama schaute wieder rein und erinnerte an den Tee. Unterwürfig würgte Eva wieder ein paar Schlückchen runter! Ggrrrr, scheußlich! Wieder allein! Dieses blöde Handy sollte endlich läuten. Ihre Schwester schaute zur Türe rein:

„Na, hat's dich erwischt? So ein seltenes Pech!"

Eigentlich wahr, denn Eva war fast nie krank. In der Volksschule hatte sie einmal Scharlach und fehlte deshalb sehr lange, aber sonst rührten ihre Fehlstunden eigentlich nur von den Zahnarztbesuchen.

Und weg war Irene. Wie Eva sie beneidete, gerade heute hatte sie sich so auf den Nachmittag gefreut! Aber der Mensch wurde ja bescheidener, sie war schon froh, dass sie sich nicht mehr so hundeelend fühlte. Wenn sie ganz ruhig lag, schmerzte ihr nicht einmal der Kopf.

ENDLICH!

Oje, nur eine Schulkollegin, unbedeutend, wollte nur etwas wegen der Englischhausübung wissen – zwar nett, trotzdem versuchte sie dieses Gespräch so rasch wie möglich zu beenden, sonst war doch die Leitung blockiert!

Wieder warten! Hoffentlich hatte Melitta nicht gerade jetzt probiert! Ach, manchmal war es wie verhext! NA; WER SAGT'S DENN?

„Melitta, Gott sei Dank, endlich! Hast du was herausgefunden?"

„Aber klar doch! Was glaubst du denn? Ich habe Christoph erreicht, und der hat mir die Handynummer von ..."

Ihr Handy piepste – Akku leer! Das durfte doch wohl nicht wahr sein! Darauf hatte Eva nun wirklich nicht geachtet!

„Schnell, sag die Nummer, mein Akku ist gleich leer!"

„Okay, also 0664/337 ..."

Und aus war's! So ein Pech! Am liebsten hätte Eva jetzt laut losgeheult und das Handy an die Wand geschleudert! Das durfte doch wirklich nicht wahr sein – so nah am Ziel!

Zornig ballte sie ihre Fäuste und vergrub sie unter der Decke! Himmel, war das gemein! Sie atmete ganz tief. Was sollte sie jetzt bloß tun. Ihr Handy war nicht gerade das neueste Modell und brauchte immer ein ganzes Weilchen, bis es wieder aufgeladen war. Auch wenn sie es sofort ansteckte, musste sie eine Zeit lang warten, bis es wieder betriebsbereit war! Na ja, sie würde sich gedulden müssen. Stefan würde bestimmt warten. Ob er enttäuscht war? Warum hatten sie ihre Nummern noch nicht ausgetauscht? So ein Blödsinn! Sie wollte erst gar nicht daran denken. Sie kroch aus dem Bett und schloss das Handy an. Es nützte ja alles Jammern nichts, sie musste sich gedulden, vielleicht klappte es in einer halben oder Dreiviertelstunde.

10.

Wie in alten Zeiten!

Plötzlich hatte sie eine Idee! Sie würde ihm, wie in der guten alten Zeit, ein Briefchen schreiben. Ihre Schwester sollte es dann einfach vorbeibringen. Gut, dass Eva ihr vorige Woche den Platz mit der Baumhütte gezeigt hatte. Für den Notfall, hatte sie gemeint, falls Mama sie mal dringend suchte oder sonst was Unvorhergesehenes passierte!

So war ihre Schwester ja in Ordnung, die würde sie bestimmt nicht verpetzen! Rasch raus aus den Federn. Wenigstens hatte sie noch ein paar Blätter von dem coolen Briefpapier mit dem eng umschlungen spazieren gehenden Liebespärchen als Hintergrund drauf.

Und los ging's. Wie sollte sie ihn bloß anreden? Lieber Stefan, war halt gar fad! Vielleicht – *Hallo Stefan!* – Okay, das war schon etwas besser.

Und weiter …? Wie lange war das her, seit sie den letzten Brief geschrieben hatte? War ja auch ein zu umständliches Kommunikationsmittel. Musste man doch Tage auf eine Antwort warten und man sah und hörte sein Gegenüber nicht, hatte also überhaupt keine Chance etwas über die erste Reaktion zu erfahren. Nach ein paar Tagen war sicher alles anders.

Doof, echt. Aber was soll's?

Also weiter …

Hallo Stefan!

Wartest du auf mich?
Es tut mir wirklich Leid, aber ich liege mit Fieber und argen Bauchschmerzen im Bett! Ziemlich sicher plagt mich da der Blinddarm. Total nervig, ich habe mich soooo auf dich gefreut!
Gestern und vorgestern war ich mit Arbeit eingedeckt und heute das!!! Zu allem Überfluss ist jetzt auch noch mein Akku leer und das dauert bei meinem Uraltmodell wieder Stunden, bis man damit halbwegs telefonieren kann! Na ja, leicht übertrieben, vorher kann man es zwar versuchen, aber nach zwei, drei Minuten ist es leider immer ohne Empfang! Trotzdem meine Nummer: 06 64/14 42.
Du kannst es ja am Abend probieren.
Ich hoffe, dass meine Schwester so nett ist und diesen Brief nachher bei euch vorbeibringt. Vielleicht schreibst du mir zurück, das wäre ja direkt romantisch! Wie zu Omas Zeiten!
Ach, das Leben ist oft so gemein!
Was hab ich nur verbrochen, dass ich jetzt nicht bei dir sein kann?
Falls Mama blöde Fragen stellt, wenn wirklich ein Brief kommt, würde ich ihr einfach sagen, dass du ein Schulfreund bist. Erstens konnte sie sich noch nie alle meine Mitschüler merken und zweitens stimmt es ja fast, besser wäre wahrscheinlich mein „Pausenhof-Schulfreund", aber so pingelig wollen wir ja nicht sein!
Noch mal zu mir: Der Arzt meint, ich hätte eine Blinddarmreizung und ich sollte mir das „gute" Stück entfernen lassen, aber während der Schulzeit möchte meine „heiß geliebte" pflichtbewusste Mama natürlich nicht, dass ich so viel versäume, also wird das wahrscheinlich erst einmal aufgeschoben!
Aber meine Krankheit ist eigentlich nebensächlich! Viel lieber würde ich dir jetzt in die Augen schauen, um zu erkennen, ob du es wirklich ernst mit mir meinst? Oder treibst du nur ein lustiges Spiel?

Ganz sicher bin ich mir leider nicht! Überhaupt jetzt, wo ich dich drei Tage nicht gesehen habe – fast eine kleine Ewigkeit, jetzt zweifle ich wieder! Trotzdem sehne ich mich nach dir!
Was machst du überhaupt? Was gibt es Neues? Gehe ich dir eigentlich ab? Denkst du an mich?
Oje, ich höre meine Mutter, muss also rasch Schluss machen. Sie darf diesen Brief natürlich nicht sehen.
Am liebsten würde ich dich jetzt umarmen, zum Küssen bleibt leider keine Zeit mehr!

Ciao Eva
P.S. Grüß die anderen!

Weg damit, unter die Decke. So, noch einmal Glück gehabt!
„Was ist los, du siehst so verschreckt aus?"
„Wahrscheinlich habe ich ein wenig gedöst, ich habe mich erschrocken. Könntest du bitte mal schauen, was mein Handy anzeigt, es gehört wieder einmal ordentlich geladen. Und … ist Irene da, sie soll bitte einmal herkommen."
„Okay, sonst noch was?"
„Nein danke", brummte Eva.
Sie verschwand wieder. Eva legte sich augenblicklich zurück. Ein Briefumschlag, sie brauchte unbedingt einen, denn nicht einmal ihre Schwester sollte diese Seiten zu Gesicht bekommen. Eva traute ihr nicht vollkommen, dadurch dass sie viereinhalb Jahre älter war, neigte sie ständig dazu, Eva zu beaufsichtigen und zu bevormunden, fast wie eine zweite Mutter. Das war oft ziemlich nervig! Außerdem tat sie oft genug so, als ob sie die Lebensweisheit schon in die Wiege mitbekommen hätte und Eva davon unbedingt etwas weitergeben musste!
Mal gespannt, wie „nett" sie heute wieder wäre. Manchmal konnte man alles von ihr haben und dann wieder „kehr die Hand um"[7], spielte sie sich auf wie der ärgste Moral-

apostel[8]. Am liebsten war ihr sowieso, wenn Eva sie wie eine Prinzessin behandelte. Sie zahlte ihr sogar einen „Lohn" dafür. Eva bekam Taschengeld von ihr. Natürlich wäre es recht, dafür ständig parat zu stehen und Hilfsdienste zu leisten. Zum Beispiel schnell einen Kaffee kochen und servieren, im einzigen Geschäft im Dorf rasch was besorgen oder im Zimmer ihre Sachen aufräumen. „Hol bitte dieses und hol jenes", war gang und gäbe[9]. Manchmal war Eva schon ganz schön sauer, aber was tut man nicht alles, um sein Taschengeld wenigstens ein wenig aufzumöbeln, denn wie die meisten Jugendlichen hatte auch Eva wesentlich mehr Wünsche als Geld!

Eva erforschte rasch ihr Gewissen. Nein, in letzter Zeit hatte es keine Reibereien gegeben, also eigentlich gab es wirklich keinen Grund, warum ihre Schwester nicht auch einmal einen Gefallen für sie erledigen könnte. Mühsam krabbelte Eva aus dem Bett. Sie fühlte sich saft- und kraftlos. Ihr Kopf brummte fürchterlich und im Bauch stach es nur so. Wo hatte sie noch schnell einen Briefumschlag? Ach ja, ganz unten in der Lade lagen noch welche. So, die Seiten sorgfältig zusammengelegt, ordentlich gefaltet, und rein damit.

Was sollte sie vorne drauf schreiben? Am besten etwas Neutrales, ihre Schwester sollte auf keinen Fall zu neugierig werden, sonst kam sie noch auf die Idee den Brief zu öffnen!

Vielleicht war: „An den Boss der Baumhüttenrunde" gar nicht so schlecht, oder sollte sie überhaupt an die Runde schreiben und „zuhanden Stefan G." einfach unten dazu? Oje, ihre Schwester wusste ja, wie er hieß und würde dann bestimmt. Nein, das war zu riskant, und wenn nicht sie, womöglich öffnete dann tatsächlich jemand anders in der Hütte diesen Brief!

Das war das Letzte, was sie wollte! Dann vielleicht zum Gespött aller werden, sollte Stefan sie wirklich an der Nase herumgeführt haben. Nicht auszudenken! Sie sah es direkt vor ihren Augen, wie sie diesen Brief in ihren Händen hielten, von einem zum anderen reichten und herzhaft lachten. Sie schüttelte den Kopf, manchmal hatte sie wirklich eine blühende Fantasie. Sie entschied sich also für die erste Variante.

Wo blieb ihre Schwester nur? Endlich hörte sie wieder jemanden draußen herumkramen.

„Papa! Du schon daheim?"

„Wie du siehst! Aber ich war doch schon vorhin da und habe deine Medikamente mitgebracht. Schon vergessen? Was ist denn mit meiner Kleinen? Was machst du denn für Geschichten? Wie geht's dir jetzt? Oje, du bist ganz schön heiß!"

Er war zu ihrem Bett gekommen und nun lag seine große Hand auf ihrer Stirn. Sie liebte Papas Hände, sie waren das edelste an ihm. Er hatte so schöne lange, schlanke Finger und immer gepflegte Fingernägel und obwohl er sehr viel schwer arbeitete, waren seine Hände nie rau oder gar ungepflegt und schmutzig, wie man es oft bei anderen sah. Ihre Mama hingegen hatte manchmal von der vielen Gartenarbeit ganz rissige Fingerkuppen, sodass sie sie während der Arbeit verkleben musste!

„Ich muss mich erst duschen, dann schaue ich wieder rein, okay?"

„Mmmhhh. Wo bleibt meine Schwester, immer wenn man sie braucht, ist sie nicht da!"

Eva versuchte sich zu entspannen, aber das wollte ihr nicht so recht gelingen. Na ja, viel mehr blieb ihr ja nicht übrig, in ihrer Situation! Endlich! Ihre Schwester schneite herein.

„Mama sagte, du hättest nach mir gefragt?"

„Ja. Würdest du mir eventuell einen Gefallen tun?"

Eva musste jetzt ganz diplomatisch vorgehen.

„Worum handelt es sich denn?"

„Ich bin bei meinen Freunden schon seit drei Tagen überfällig und hab gesagt, ich käme heute vorbei, die warten jetzt auf mich und ich liege da und …"

„Besonders einer, wahrscheinlich ..." Sie grinste.

„Ja, und jetzt habe ich ein paar Zeilen geschrieben, um alles zu erklären und wollte dich bitten, ob du nicht ...?" Eva fühlte, dass sie ganz rot wurde. Nur das nicht!

„Warum rufst du nicht einfach an?"

„Mama hatte mir doch das Handy abgeknöpft und deshalb interessierten mich ihre Nummern gar nicht und mittlerweile hätte ich zwar die Nummern, aber der Akku ist leer und du weißt ja, wie das bei meinem Handy ist!"

Sie grinste noch immer. Widerlich! Eva konnte ihr gar nicht ins Gesicht sehen.

„Ich habe leider auch kein Guthaben, also, wo soll ich dein Liebesbriefchen denn abgeben?" Wieder breites Grinsen. Eva hätte am liebsten darauf verzichtet, aber sie hatte wohl keine andere Wahl.

„Ach, du weißt doch, wo die Familie Kampl wohnt?"

Kurzes Nicken ihrerseits.

„Da, noch ein Stück weiter stehen auf einer Wiese drei Bäume und auf dem ersten befindet sich die Baumhütte. Ich habe es dir doch schon gezeigt. Es ist bestimmt jemand da, sonst legst du den Brief einfach vor die Tür."

„Du glaubst wohl nicht im Ernst, dass ich da raufklettere?"

Irene war nicht sehr sportlich und wesentlich gewichtiger als Eva, auch wenn sie ständig fastete, um ihre Figur zu halten.

„Wenn niemand da ist, wartet auch niemand auf dich. Logisch oder? Dann bringe ich dein Liebesbriefchen einfach wieder mit."

„Du machst es also ...?"

„Ja, du hast ein unverschämtes Glück, ich muss so oder so in diese Richtung!"

„Tausend Dank, Schwesterherz, du bist ja doch ein Schatz!"

„Apropos, ich hab dann wieder einmal was gut bei dir! Also gib schon her. Vergiss das aber nicht so schnell!"

Und weg war sie, mitsamt dem Brief. Das war jetzt zwar leichter gegangen, als Eva sich das erwartet hatte, trotzdem blieb noch ein Restchen eines unguten Gefühls. Konnte sie ihrer Schwester trauen? Ganz sicher war sich Eva nicht. Wahrscheinlich würde sie in nächster Zeit wieder unzählige Gefälligkeiten von ihr verlangen und sie ständig damit erpressen, aber darüber nachzudenken war nun zu spät. Hauptsache, sie gab den Brief wirklich ungeöffnet ab!

Ob er dann anrufen würde?

Mama schon wieder! Sie brachte frischen Tee. Diesmal fiebersenkend – mit Lindenblüten. Wenigstens etwas, der schmeckte ein klein wenig besser. Sie fühlte sich einfach schrecklich. Müde trank sie ein paar Schluck und schlief dann erschöpft ein.

11.

Immer nur warten

Sie erwachte erst am nächsten Morgen. Ihr Kopf brummte wieder fürchterlich, aber wenigstens war ihr nicht mehr so flau im Magen! Zuerst musste sie richtig munter werden.

War es jetzt am Abend, in der Nacht oder schon wieder am Morgen? Im Zimmer war es finster – schwer zu sagen! Ein Blick auf die Uhr zeigte ihr, dass es sechs Uhr war, also normalerweise Zeit zum Aufstehen! Es nützte so oder so nichts, sie musste raus, auf ein ganz bestimmtes Örtchen.

Oje, war das mühsam! Sie fühlte sich wie mit hundertfünfzig!

Am WC sitzend, halb im Dämmerschlaf „Er hat also gestern nicht mehr angerufen oder habe ich nichts gehört?"

„Hallo mein Schatz! Bist du schon wach? Kannst ruhig noch schlafen. Oder bist du schon hungrig?"

Eva schüttelte energisch den Kopf. Sie wollte noch ein bisschen schlafen. Verträumt trottete sie in die Küche, um ihren Durst zu löschen.

„Kaltes Wasser! Und das in deinem Zustand! Ab ins Bett, ich bring dir gleich einen Tee!"

Ach, so eine Mutter konnte nerven! Sie huschte zurück. Schnell noch einen Blick auf das Handy, gleich würde sie mehr wissen. Wo war es nur?

Schlagartig wach, suchte sie nervös alles ab. Unterm Polster, es war doch unterm Polster, sie hatte es erst lange angesteckt und dann unterm Polster, das wusste sie genau!

Hatte sie es im Schlaf weggeschoben? Es war nichts zu finden. Angesteckt war es auch nicht wieder!

Mama brachte ihr den Tee. Schon regte sich ein übler Verdacht.

„Wo ist mein Handy?", fragte sie kleinlaut

„Das ist wieder einmal typisch, sechs Uhr morgens, noch nicht mal richtig wach, noch nichts im Magen, weil noch nicht gefrühstückt, aber nach dem Handy fragen! Wo soll das noch hinführen? Es hat gestern oft geläutet und ich wollte auch abheben und sagen, dass du schon schläfst, aber du hast leider die Tastensperre drin, also habe ich es nicht angerührt, denn da kenne ich mich halt nicht aus!"

Gott sei Dank, das wäre was gewesen, wenn ..., wie er sich da wohl rausgeredet hätte? Auf den Mund gefallen war er ja nicht gerade, aber so im Überraschungsmoment.

„Was, wirklich, warum hast du mich nicht geweckt?"

„Sonst noch was, ein kranker Mensch braucht dringend seinen Schlaf! Wird schon nicht so wichtig gewesen sein und sonst wird man schon wieder anrufen! Und du bist weder ein Manager noch ein Arzt im Dienst, dass du ständig erreichbar sein musst."

„Und wo ist es jetzt?"

„Du wirst es schon kriegen, jetzt schlaf noch ein bisschen", und draußen war sie.

Er hatte also angerufen! Ans Schlafen war jetzt natürlich nicht mehr zu denken!

Wenn sie ihn bloß vor dem Unterricht noch erreichen könnte! Sie hatte noch bis halb acht Zeit. Wo Mama das Handy wohl hingegeben haben mochte, bestimmt irgendwo in der Küche oder gar im Schlafzimmer? Sie würde es jetzt so oder so nicht rausrücken. Eva kannte die Konsequenz ihrer Mutter. Da half alles Diskutieren nichts! Und hatte man einmal wirklich überzeugende Argumente, sodass sie einem fast nicht auskam, meinte sie nur ganz trocken: „Manchmal muss die

Henne eben klüger sein als das Küken und ich bin nun mal die Henne!"

Damit war die Diskussion beendet, denn das hieß, ihre Mutter hatte mehr Lebenserfahrung und aus diesem Grund hielt sie es für besser. Und da galt dann kein Argument der Welt mehr! Game over, bedeutete das und jedes weitere Gespräch war reine Energieverschwendung, denn man bekam nicht einmal mehr eine Antwort! Manchmal hatte es Eva wirklich schwer! Wenn sie nur daran dachte, verdrehte sie bereits die Augen und seufzte abgrundtief! Mama schaute schon wieder rein. Schnell schloss sie ihre Augen und stellte sich schlafend. Jetzt nur nicht diskutieren! Gott sei Dank, sie hörte wie die Türe wieder zugedrückt wurde!

Was Stefan jetzt wohl dachte? Ob er ihren Brief gelesen hatte? Es war auch zu blöd! Eva wusste gar nicht, wann sie das letzte Mal krank gewesen war, und ausgerechnet jetzt …!

Ihr Kopf meldete sich erneut ganz energisch, also versuchte sie sich wieder zu entspannen und nur an eine ganz schöne Sonnenblume zu denken. Sonnenblumen liebte sie einfach.

Tatsächlich konnte sie noch einmal ein wenig einschlafen! Mama wollte gerade wieder die Türe schließen, als sie erwachte.

„Mama, ich habe Hunger."

Lächelnd drehte diese sich um: „Das freut mich außerordentlich und wenn du brav frühstückst, habe ich noch eine Überraschung für dich!"

Bestimmt gab sie ihr das Handy zurück! Auch gut! Frühstücken bei Mama war wiederum sehr gemütlich, vor allem wenn es ans Bett gebracht wurde. Als Kleinkind hatte es Eva ziemlich schwer, sie wollte morgens partout nichts essen. Übrigens: Sie hasste Marmelade!!

Doch eines Tages kam ihr der Hausarzt zu Hilfe, indem er Mama erklärte, sie solle Eva doch alles anbieten, nicht nur

Honig oder Marmelade. Und seither frühstückte Eva täglich ziemlich fürstlich mit Wurst, Käse, weich gekochtem Ei, Kakao und manchmal noch Orangensaft, einfach herrlich. Es heißt doch, wenn man wieder Hunger hat, geht es bergauf! Eva freute sich ein wenig, sie fühlte ihren alten Tatendrang! Auch ihr Bauch hatte sich beruhigt, wenn sie sich nicht bewegte, tat es fast gar nicht mehr weh.

Wenn Mama nur mal runterginge, vielleicht in den Garten, dann könnte sie schnell mal so zwischendurch im Schlafzimmer oder in der Küche nachsehen, ob vielleicht ihr Handy irgendwo war! Vielleicht war da gar eine Nachricht auf ihrer Mailbox? Normalerweise hörte sie die ja nie ab, weil es einfach zu teuer kam, wenn sich niemand meldete, sendete man einfach eine SMS! Das war mit allen Freundinnen so vereinbart, aber das konnte Stefan doch nicht wissen! In dieser kurzen Zeit konnte er einfach noch nicht alle ihre Gepflogenheiten kennen. Ach egal! Alle Grübelei half doch nicht weiter! Jetzt wollte sie erst einmal in Ruhe frühstücken.

„So mein Kind, jetzt zur versprochenen Überraschung!"

Gespannt schaute Eva ihre Mutter an. Die tat doch tatsächlich ziemlich geheimnisvoll und schaute Eva eine Weile nur fragend an.

„Ich komme heute in die Stadt, und weil du doch jetzt krank bist, haben Papa und ich uns gedacht, ein Buch würde dir ein wenig die Zeit vertreiben. Und weil ich dich kenne, habe ich gleich zwei rausgehandelt. Na, ist das was?"

Eva wusste gar nicht, sollte sie sich jetzt freuen oder was? Einerseits war es natürlich ausgesprochen lieb von Mama, denn Eva las tatsächlich gerne, aber andrerseits wäre ihr so mit leichtem Fieber und Kopfschmerzen eine neue CD oder ein gutes Video wesentlich lieber oder noch besser eine weitere Handywertkarte, die würde sie in Zukunft sicher brauchen! Aber das anzusprechen, ließ sie lieber bleiben, so ersparte sie sich wenigstens den Vortrag über richtiges Verhalten während einer Krankheit! Denn selbst fernsehen befand ihre Mutter als zu anstrengend, denn der Mensch sei zu „schwach" um rechtzeitig abzuschalten und diese ständige Reizüberflutung des Gehirns strapaziere nur unnötig. War man jedoch fürs Lesen zu müde, legte man ein Buch automatisch weg. Womit sie wahrscheinlich auch Recht hatte. Also gut, zwei neue Bücher! Ergeben fügte sie sich ihrem Schicksal!

„Schreib mir nachher ein paar Wunschexemplare auf, mal sehen, was ich kriegen kann, denn du weißt ja, in unserem Städtchen ..."

Ja, Eva wusste nur zu gut!

„Und mein Handy ...?"

Zu spät, sie war bereits außer Hörweite. Außerdem war es schon kurz vor acht! Der Unterricht hatte längst begonnen. Vielleicht schaffte sie es bis zur ersten großen Pause kurz vor halb zehn! Sie hatte also genug Zeit, um in Ruhe über ihre gewünschten Bücher nachzudenken. Wie hieß das noch, sie hatte es erst unlängst im Schaufenster einer Buchhandlung gesehen. „Felsen küsst man nicht" oder doch „Felsen küssen besser". Ach, die in der Buchhandlung würde es schon wissen und Melitta hatte von „Gewitter im Bauch" erzählt. Ein Buch von einem magersüchtigem Mädchen!

So nach und nach fiel ihr doch der eine oder andere Titel ein, oder sie notierte einfach ein paar Autoren, von denen sie immer wieder gerne Bücher las, die in der Buchhandlung kannten sie ohnedies und würden Mama bestimmt das Richtige empfehlen.

Aber eigentlich wartete sie nur ... Worauf wohl?

12.

Besorgte Mütter nerven!!!

Mama rückte das Handy doch tatsächlich erst nach dem Mittagessen raus, als Eva wirklich eine ganze Schale voll mit schrecklicher Haferflockensuppe runtergewürgt hatte. Noch jetzt durfte sie nicht daran denken! Doch ihr wisst ja, wenn man krank ist, braucht der Körper erst recht Unterstützung und wenn man da nichts isst ... Sie hatte dieses Gelaber[10] noch deutlich im Ohr! Also manchmal ...

Mittlerweile war es bereits halb zwei. Hatte Stefan heute sechs Stunden oder doch mehr? So genau wusste Eva das nicht. Auch änderte sich das ständig! Mal fiel was aus und manches gab es nur vierzehntägig, EDV, Hauswirtschaft oder Geometrisches Zeichnen. Vielleicht erreichte sie Melitta, die müsste jetzt eigentlich im Bus sitzen. Oje, nur ihre Mailbox!

Wahrscheinlich wäre es gut noch ein wenig zu schlafen, ihre Kopfschmerzen waren wieder recht heftig und auch das Fieber war zurückgekehrt und Mama hatte geschimpft, sie sei schon viel zu viel auf den Beinen, aber jetzt war sie ja in der Stadt, endlich Ruhe.

Das Handy läutete! MAMA!

„Was willst du?"

„Wie geht es, mein Schatz? Es wird doch länger dauern, als ich gedacht habe! Schaffst du es allein?"

„Alles okay, mach dir keine Sorgen!"

„Na dann, bis später!"

Kaum döste Eva wieder, war sie erneut dran! Eva möge doch noch einmal Fieber messen, denn nur wenn es nicht so furchtbar hoch sei, bliebe ihre Mutter noch in der Stadt.

38,3: also Mama lass dir nur Zeit!

„Trink bitte viel Lindenblütentee, in der Küche steht noch eine Thermoskanne voll."

„Mama bitte, ich bin doch kein Baby mehr …"

Noch schnell bei Melitta probiert, wieder nur die Mailbox. Entweder hatte sie vergessen es nach der Schule wieder einzuschalten, sie hatte zur Abwechslung keinen Empfang oder ihr Akku war leer.

Na ja, nicht zu ändern Sie holte sich eine Bravo[11]. Kaum blätterte sie, läutete ihr Handy – endlich!

MAMA!!!!

„Was ist los, du telefonierst ja ständig?"

„Ist doch gar nicht wahr, ich lese schon die längste Weile!"

„Diskutieren kommt jetzt zu teuer, das besprechen wir später. Was ich dich fragen wollte … Soll ich dir ein paar frische Semmeln mitbringen oder möchtest du sonst was Bestimmtes zum Essen, allzu schwer verdaulich sollte es halt nicht sein?"

„Ach Mama, nein, frag doch nicht, ich habe gar keinen Hunger, mir ist eher flau im Magen!"

„Mein armer Schatz, dann kaufe ich halt nur frischen Zwieback!"

Buhhhh, das nervte! Eva konnte auch der Zwieback gestohlen bleiben! Gleich darauf rief ihre Mutter noch mal an, weil sie glaubte in der Abstellkammer das Licht brennen gelassen zu haben, und ob Eva eventuell die Kraft hätte …

Es war natürlich sowieso ausgeschalten! Hätte Eva nicht derart dringend auf einen Anruf gewartet, hätte sie ihr Handy jetzt wahrscheinlich auch abgeschalten! Und da sprach ihre Mutter von unnötigen Telefonaten!

Schrecklich!

Warum rief Stefan nicht an? Wenn sie nur seine vollständige Nummer hätte! Und was war mit Melitta? Könnte sich doch auch mal wieder melden, treulose Freundin! Was blieb, waren Fragen über Fragen!

Ihre Schwester kam heute ebenso erst spät abends, sie hatte Nachmittagsunterricht und wollte anschließend in Klagenfurt ein wenig bummeln und Klamotten einkaufen. Gestern war sie auch erst wieder aufgetaucht, als Eva bereits geschlafen hatte. So wusste sie nicht einmal, ob Irene den Brief abgeliefert hatte! Kaum war Mama wieder daheim, kam sie schon mit heißem Tee und einem Fieberthermometer.

„Mama, du nervst, so krank bin ich doch gar nicht!"

13.

Endlich ... !!!

Eva schlief wieder ein wenig. Das tat gut, sie konnte ja sonst ohnedies nichts tun und einfach nur zu warten, langweilte.

Als sie nach einer guten Stunde erwachte, lagen die zwei neuen Bücher auf der Ablage. Eine Zeit lang schaute sie nur rauf und sammelte Energie, um sie runterzuholen, sie fühlte sich schlapp. Das Fieber schien sie auszulaugen. Endlich siegte ihre Neugierde und sie hob die Bücher herunter. Siehe da ... oben drauf, fast hätte sie es übersehen: Ein hellblaues Briefkuvert, ohne Adresse, ohne Absender, ohne Namen, einfach leer. Hastig riss sie es auf!

An meine Eva!

Ehrlich gesagt, war ich sogar sehr enttäuscht, als du zu der verabredeten Zeit nicht erschienen bist. Ich bin da auch ziemlich doof rumgesessen und grübelte schon, was ich vielleicht falsch gemacht habe. Als deine Schwester auftauchte und der Brief dann alles erklärte, war ich natürlich sehr froh!

Übrigens ist es beinahe unbegreiflich, dass du in Zeiten wie diesen nicht per Handy erreichbar bist! Aber es war ziemlich klug von dir, mir wenigstens eine Nachricht zukommen zu lassen! Sonst hätte ich mir noch wer weiß was ausgedacht!

Ich habe mich richtig über deine Zeilen gefreut und komme mir beinahe um ein Jahrhundert zurückversetzt vor. So ähnlich musste es meinen Großeltern seinerzeit wohl auch gegangen sein. Es ist bestimmt romantisch, aber man braucht schon einiges an Geduld, wenn man auf die Antwort wartet!

Nun zu deinen Fragen: Natürlich ist es langweilig ohne dich! Alle fragen mich ständig! Masche hat mich ziemlich ins Gebet genommen. Er glaubte nämlich, ich hätte dich vergrault!

Hoffen wir, dass du nicht ins Krankenhaus musst! Wenn doch, werde ich leider nicht der Einzige sein, der dich besucht!

In der Schule ist es wie immer – total nichts los! Wie Lehrer bloß mit dieser Langeweile leben können? Oder glaubst du, die merken gar nicht mehr, dass ihnen höchstens drei Leute zuhören?

Egal!

Hauptsache, du kommst wieder auf die Beine! Reiß dich mal zusammen und erschrecke mich nicht so!

Also, so der ganz große Briefschreiber bin ich wohl nicht, muss wahrscheinlich noch ein wenig üben, trotzdem, der Wille war vorhanden. Obwohl mir noch nicht klar ist, wie ich dir diesen Brief zukommen lassen werde. Ach wären wir doch nur ein paar Jährchen älter, alles wäre einfacher ...

Irgendetwas wird mir schon einfallen!

Ich hoffe auf ein baldiges Wiedersehen und warte mit Sehnsucht!

Tschüsschen,
    und natürlich ein Küsschen
        Stefan

P.S. Ich werde einfach Marianne „benützen", sie kann doch wirklich wenigstens einmal etwas Positives tun!

Offensichtlich war es ihm gelungen, sie von der Dringlichkeit seines Briefes zu überzeugen.

Nur gut, dass sie nicht auf die Idee gekommen war ihn zu öffnen, sie hätte sicher Gift und Galle gespuckt!

Eva musterte den Briefumschlag noch einmal ganz genau. Nein, es sah nicht so aus, als wäre daran herummanipuliert worden.

Sie las den Brief noch ein paar Mal. Auch ihre Mutter hielt sich lobenswerterweise stets an das Briefgeheimnis, wenigstens etwas Positives! Wie der Brief wohl bis in ihr Zimmer gekommen war? Vielleicht erzählte es Mama später ohnehin.

Eva wollte ihm natürlich zurückschreiben. Er hatte Recht, das war tatsächlich spannender als Telefonieren, obwohl die unsichere Wartezeit dazwischen total nervig war!

Merkwürdig, wo nur ihre Mama so lange blieb? Wahrscheinlich dachte sie, Eva schliefe noch, ansonsten hätte sie bestimmt schon wieder reingeschaut! In diesem Moment öffnete sich die Tür.

„Ach Schwesterherz, schon erwacht? Mama meint, du wärst noch im Land der Träume! Und ich glaube, sie fürchtet, du könntest währenddessen verhungern! Sie hat alle möglichen Schmankerln für dich vorbereitet! Soll ich ihr sagen, dass du erwacht bist?"

„Bloß nicht, ich genieße die Ruhe!"

„Kann ich verstehen, obwohl ich, hätte ich deine Figur, andauernd essen würde!"

„Tja, dann würde ich ziemlich sicher auch ‚aus dem Leim gehen'[12], jedem das seine!"

Gott sei Dank hatte Eva den Brief gerade noch rechtzeitig unter der Decke verschwinden lassen können. Nicht auszudenken, wenn das ihre Schwester gesehen hätte! Sie kramte ein wenig im Kleiderschrank herum, probierte dieses und jenes, fragte Eva zwischendurch um Rat und konnte sich offensichtlich für nichts entscheiden.

„Hast du heute ein besonderes ‚Date'?"

„Na klar, was denkst du denn?" Weg war sie.

Wieder und wieder las Eva „ihren" Brief durch.

Ja, sie musste unbedingt antworten. Nur jetzt wollte sie doch zuerst einmal essen. Ihr Magen knurrte, das war bestimmt ein gutes Zeichen.

Es ging wieder bergauf! Endlich!

14.

Langweilige Tage im Bett

Ihre Mutter versuchte natürlich Eva kulinarisch sehr zu verwöhnen. Aber Eva blieb vorsichtig, sie wollte und konnte nicht viel auf einmal essen, das war ihr unmöglich. Sie aß also immer wieder nur kleine Happen und war kurze Zeit später wieder hungrig, aber es ging nicht anders.

Sie erhielt einige Anrufe und eine Mitschülerin brachte ihr Hefte vorbei zum Nachschreiben.

Zeitweise schaffte sie es auch, im Bett sitzend, sich ein wenig damit zu beschäftigen. Aber es war ziemlich öde und außerdem sehr ermüdend. Zwischendurch schlief sie auch tagsüber noch immer so halbstundenweise. Was natürlich zeigte, wie geschwächt sie war. Trotzdem war sie froh, dass wenigstens diese schrecklichen Bauchschmerzen nachgelassen hatten. Auch das Fieber hatte sich verzogen, nur abends hatte sie noch fast jeden Tag erhöhte Temperatur. Ihre Mutter schimpfte immer wieder und behauptete, Eva wäre einfach schon zu viel unterwegs und dies manchmal sogar mit „bloßen" Füßen. Da konnte man ja nicht gesund werden! Das Argument, dass auch die Hausschuhe kalt waren, wenn man hineinschlüpfte und erst warm wurden, wenn man sie schon wieder auszog, weil man doch nur kurz am WC gewesen war und sich nun wieder ins Bett legte, ließ sie natürlich nicht gelten. Themenwechsel!

Es gelang ihr auch, Stefan wieder einen Brief zukommen zu lassen. Sie war mächtig stolz darauf, wie sie das nun wieder eingefädelt hatte!

Melitta kam sie besuchen und nach einem ausführlichen Tratsch, beschrieb Eva ihr die Lage der Hütte. Man merkte halt, Melitta war kein Stadtkind, sie war es also gewohnt sich an anderen Dingen als an bekannten Einkaufsläden oder an „trendigen"[13] Lokalen zu orientieren, sie kannte eher auffällige Bäume. Sie fand die Hütte problemlos und konnte den Brief direkt an Stefan weitergeben.

Das war natürlich ein Hit!

Übrigens gefiel er ihr auch: „Schade, dass er schon vergeben ist!"

„Unterstehe dich!!!", kreischte Eva bei dieser Meldung.

„War natürlich nur ein Scherz", lautete die Antwort.

Am Rückweg hatte Melitta noch geschwind zwei Cremeschnitten aus dem Geschäft geholt, das war übrigens der Vorwand für Evas Mutter, warum Melitta schnell mal weg musste. Schlau, nicht? Obwohl Eva natürlich keine essen durfte, viel zu schwer … bei der Suppe jammern und dann das …

Sie unterhielten sich noch eine Weile über dieses seltsame Geschäft. Das war noch so ein richtiger Greislerladen[14] mit Bedienung, wo man vom Hosenknopf übers Geschirrhangerl[15] bis zur Wurstsemmel so ziemlich alles bekam. Schon recht selten heute, aber besonders die älteren Menschen schätzten das sehr, vor allem weil die Geschäftsinhaberin auch so nett war und bei Bedarf ins Haus lieferte. Die Lehrmädchen kamen dann mit dem Fahrrad, manchmal gar mit Anhänger, oder wenn es noch etwas mehr war mit einem eigenem Wagen zum Schieben! Selbst, wenn sie eine Ware nicht führte, besorgte sie es einem in Klagenfurt, wirklich sehr freundlich, nicht?

Evas Eltern kauften dort auch die Dinge des täglichen Bedarfs, wie Milch, Butter, Brot, oft auch Obst oder Frischwurst, denn sie wollten das Geschäft unterstützen. Wenn man so weit von der Stadt entfernt war, musste man doch froh sein, das es überhaupt eine Einkaufsmöglichkeit gab. Alles war stets frisch und so ein großer Preisunterschied war da auch wieder nicht!

„Die Leute rechnen die Benzinkosten nicht, wenn sie für drei, vier Sachen extra in die Stadt fahren, aber ein Auto fährt nun mal nicht mit Wasser!", erklärte Evas Vater stets!

Na ja, wo er Recht hatte, hatte er Recht!

Melitta erklärte dann wieder einmal wie kompliziert das alles war, wenn man so hoch oben am Berg wohnte wie sie. Ihre Mutter musste sich immer alles genauestens aufschreiben was zuhause fehlte, denn nur wegen ein, zwei Dingen fuhr ihr Vater nicht in die Stadt und ihre Mutter besaß selbst keinen Führerschein. Also besser solch einen Krämerladen in der Nähe als gar kein Geschäft! Eva konnte ihr nur beipflichten, allein schon, wenn sie daran dachte, wie weit sie sonst um ihre geliebte „Bravo"[16] fahren müsste, wie ewig das wahrscheinlich dauern würde, bis sie zu einem käme, gar nicht auszudenken. Auch so kleine Annehmlichkeiten wie ein Eis oder Kaugummis konnte man sich jederzeit holen, ohne auf die Gnade seiner Mitmenschen angewiesen zu sein!

Als Melitta wieder heimfuhr, besser gesagt von ihrem Vater abgeholt wurde, kehrte natürlich wieder Langeweile ein. Eva versuchte zwar ein wenig zu lesen, aber meist war sie nach ein paar Seiten schon erschöpft! Also blieb ihr zwischendurch nichts als Musik zu hören und leichtes „Dahindösen"[17], was ganz angenehm war. Überhaupt verliefen die nächsten Tage recht ruhig. Wenigstens körperlich ging es sichtlich bergauf!

Geistig schwankte sie zwischen Übermut und depressiver Stimmung. Einerseits war es ja ganz angenehm zwischendurch so verwöhnt zu werden und andrerseits fand sie diese öde Herumliegerei auch wieder furchtbar fad und selbst vom Fernseher hatte sie mittlerweile mehr als genug. Sie wollte endlich wieder raus!!! Ihre Mutter wollte das offensichtlich noch ein wenig rauszögern, was sonst gar nicht ihre Art war, anscheinend war sie diesmal wirklich besorgt! Immerhin fehlte sie jetzt schon über eine Woche, aber Eva war sich sicher, ab Montag würde das „richtige" Leben wieder beginnen!

Herrlich!!! Immerhin war heute schon Freitag!

15.

Zurück in die Freiheit

Natürlich telefonierte Eva mit „ihrem" Stefan und freudestrahlend verabredete sie sich für Montagnachmittag mit ihm. Dieses Wochenende kam Eva vor wie das längste überhaupt in ihrem bisherigem Leben, als sei die Zeit stehen geblieben! Fast unvorstellbar!

Immer wieder versuchte sie sich das Wiedersehen mit ihrem Schatz vorzustellen. Was er wohl für ein Gesicht machen würde?

Hoffentlich glänzte Marianne wenigstens durch Abwesenheit, die wollte sie im Moment am allerwenigsten zu Gesicht bekommen! Alle anderen waren ihr egal, nein, sie freute sich sogar auf sie. Übrigens hatte sie vorgestern einen netten Anruf bekommen. Zuerst staunte sie, denn es meldete sich eine Lieselotte und sie konnte mit diesem Namen im ersten Moment partout nichts anfangen Erst als die Unbekannte sagte: „Du weißt schon, das letzte Mal in der Baumhütte ...", da erkannte Eva die Stimme: Lilo, es war Lilo. Sie plauderten eine ganze Weile. Eva fand es sehr nett, dass sie gleich anrief, nachdem sie in der Hütte erfahren hatte, dass Eva krank war. Nicht mal Mischa hatte es der Mühe wert gefunden sich einmal zu melden und von den anderen natürlich auch keiner.

In der Schule gab es ein ziemliches Hallo, als sie am Montag auftauchte, selbst die Lehrer schienen sich zu freuen, dass es ihr wieder besser ging. Sie wurde ziemlich geschont und kaum etwas gefragt. So könnte es bleiben!!! Wäre einmal was anderes! Hastig wurden unter der Bank ein paar wichtige

Neuigkeiten ausgetauscht. Eva hatte bereits gestern nette kleine Briefchen verfasst und war nun damit beschäftigt alle an die richtige Adresse zu leiten.

Anscheinend war den anderen auch langweilig gewesen, denn bis die Schule aus war, hatten sich vierzehn Briefchen in ihrem Bankfach angehäuft! Eva fühlte sich super, endlich passierte wieder einmal was.

Hoffentlich war ihre Mutter nur nicht wieder so spießig. Von wegen – noch schonen und solche Ideen! Eva hatte jetzt genug davon! Stefan wartete ab halb vier in der Hütte! Und sie wollte ihn keine Minute unnötig allein und einsam da verweilen lassen!

Mama war gar nicht so arg. Eva aß recht brav und das schien ihr sehr wichtig. Sie meinte gar nichts, als Eva zehn vor halb vier den Wunsch äußerte noch ein wenig an die frische Luft zu wollen. Eva sollte sich nur warm genug anziehen und die Zeit nicht übersehen, abends würde es doch recht rasch kühl und ungemütlich.

Das ging ja leichter als erwartet! Nichts wie weg hier, bevor sie es sich noch anders überlegte!

Raus mit dem Rad und ab die Post! Ihr Herz klopfte wie wild! Zu gespannt war sie auf das bevorstehende Wiedersehen! Ihr Fahrrad stellte sie ziemlich achtlos hin, wenigstens vergaß sie nicht es abzusperren. Diesmal nahm sie ziemlich wagemutig immer zwei Sprossen auf einmal. Ungeduldig klopfte sie an. Es war genau drei Minuten nach halb vier.

Mischa öffnete ihr.

„Na, hallo du, wie geht's, wieder gesund?"

„Es geht so, wo ist Stefan?"

„Drinnen, er schläft! Hat wohl zu viel erwischt!"

Ungläubig schaute Eva ihn an. Sie wusste nicht so recht, was sie mit dieser Aussage anfangen sollte. Da trat er zur Seite und sie sah ihn erst jetzt auf der Couch. Sofort startete sie zu ihm hin und gab ihn einen besonders zarten Kuss auf den

Mund. Er reagierte überhaupt nicht und roch irgendwie eigentümlich.

„Zu viel wovon? Nach ‚Alk' stinkt er nicht!"

„Ach, Sch..., ich sage ja immer, dass dieses verdammte Zeug nichts bringt, aber sie wollen ja einfach nicht auf mich hören!"

„Wovon sprichst du bitte?"

„Ich weiß nicht, wie ich es dir erklären soll, ob ich dir überhaupt was sagen darf!"

Erstaunt blickte Eva Mischa an. Was sollte jetzt das wieder?

„Bitte, ich mache mir Sorgen ...?"

Erneut versuchte sie Stefan durch Streicheln, Rütteln oder Küssen wach zu bekommen. Er zeigte keinerlei Reaktion.

Sie pflanzte sich vor Mischa auf und ...

„Hab ich nicht ein Recht darauf zu erfahren, was hier los ist? Bin ich denn nicht seine Freundin? Oder gibt es auch da schon wieder etwas, was ich wissen müsste?"

„Nein, nein, beruhige dich!"

Mischa gab sich sichtlich verlegen, die ganze Situation schien ihm irrsinnig peinlich!

Eva war aufgeregt und zornig zugleich! Was sollte das alles hier?!? Sie konnte mit der Situation einfach nichts anfangen und schimpfte innerlich: „Wäre ich doch zuhause bei meinen Heften geblieben, aber nein, ich musste mir ja eine kleine Pause gönnen, und dann das hier!"

„Jetzt red schon, was ist hier los? Er besäuft sich doch nicht, wenn er mit mir verabredet ist!" Evas Stimme überschlug sich beinahe. Aber Masche zögerte nach wie vor.

„Am besten wäre es, du fährst nachhause und morgen sieht alles wieder ganz anders aus!"

„Einen Dreck werde ich! Du erklärst mir nun sofort, was hier gespielt wird oder ich gehe zu Stefans Eltern und informiere sie!"

Das war ihr ganz spontan eingefallen, den meisten Jugendlichen konnte man gut mit ihren Eltern drohen.

„Untersteh dich, nein, das würdest du nicht tun!"

„Und ob!!! Er ist ja auch in einem bedenklichen Zustand!"

Sie sah wirklich keinen anderen Ausweg, um an die Wahrheit ranzukommen, obwohl sie sich ziemlich fies vorkam.

„Ich will einfach kein Verräter sein!"

„Das bist du auch nicht, ich weiß, dass man sich auf dich verlassen kann, es bleibt auch sicher unter uns, aber versteh mich bitte?"Fast flehte sie. „Ich mach mir einfach unheimliche Sorgen! Wenn er nicht besoffen ist, was hat er dann? Er reagiert doch überhaupt nicht!"

Mittlerweile hielt sie Stefans Hand und streichelte sie, doch auch er zeigte noch immer keinerlei Reaktion! Und erst als sich ihre Augen an das schummrige Licht in der Hütte gewöhnt hatten, sah sie, wie fahl er im Gesicht war. Fast so, als wäre ihm unsagbar übel!

Mischa stand ziemlich unschlüssig daneben und war offensichtlich überfordert, er wusste nicht, was er weiter tun sollte!

„Jetzt sag endlich was!"

„Wie soll ich dir das bloß erklären?"

„Sag einfach, wie es ist! Es nützt ja doch nichts!"

Nach seiner Haltung zu schließen war etwas Ärgeres passiert! Mit hängenden Schultern murmelte er ziemlich weinerlich:

„Ich glaube, er hat in der Schule wieder Mist gebaut!"

„Und deshalb liegt er jetzt da und rührt sich nicht?"

„Quatsch! Er war heute Mittag kurz bei mir und hat so eine Andeutung gemacht:"

„Weiter, weiter …, was ist dann mit ihm passiert? Lass dir doch nicht alles aus der Nase ziehen!!!"

„Herrgott noch einmal! Offensichtlich hat er sich wieder einmal zu viel reingezogen!"

„Was? Was? Wovon – zu viel reingezogen?!?" Jetzt war es mit Evas Fassung endgültig vorbei! Sie sprang auf und packte Mischa an den Schultern und schüttelte ihn.

„Was? Was hat er sich reingezogen? Und was soll das denn überhaupt heißen ‚reingezogen'?"

Mischa riss sich los und wendete sich ab. Suchend schaute er sich um, endlich schien er gefunden zu haben, was er gesucht hatte. Er ging zum Bord und brachte ein unscheinbares kleines Fläschchen und ein Wattebällchen herüber.

„Da, weißt du, was das ist?"

Ungläubig starrte Eva auf das Fläschchen. In ihrem Kopf rotierte es!

„Ja, das ist ganz gewöhnliches Fleckbenzin. Meine Mutter entfernt damit die Schmierflecken aus der Uniform meines Vaters!" – Plötzlich war ihr alles klar!!!

M A R I A N N E ! Es war dasselbe Fläschchen!

„Dein lieber Freund da hat, wie du schon gemerkt hast, ein bisschen viel davon genossen!"

„Aber wie ...?"

„Er leert einen guten Schluck auf das Wattebällchen und schnüffelt anschließend daran, bis er sich ‚high' fühlt! Stefan kann das sonst ganz gut. Er macht das seit Neuestem immer, wenn er sich mies fühlt oder ihm irgendetwas nicht passt. Nur heute hat er anscheinend ein bisschen viel erwischt!"

Entsetzt starrte Eva abwechselnd auf Stefan und dann wieder auf Mischa. Sie wusste nicht, was sie jetzt denken sollte. Das war zu viel für ihr zart besaitetes Nervenkostüm! Langsam glitt sie auf die Couch nieder.

„Und jetzt, was passiert jetzt?!?"

Mischa tastete nach Stefans Puls.

„Er hat noch Puls, ein wenig langsam zwar, aber ich kann ihn deutlich fühlen. Das heißt, er schläft. Das ist jetzt tatsächlich so, als wäre er ‚stockbesoffen'!"

„Und weiter – was passiert jetzt weiter? Kann ihm da nicht noch was passieren?"

„Wahrscheinlich wird er erst einmal ein paar Stunden schlafen und dann mit einem ziemlichen Brummschädel erwachen. Wir können jetzt nichts für ihn tun! Komm, gehen wir, komm mit zu mir, wenn du magst?"

Eva war nicht einmal fähig zu antworten, in ihrem Kopf dröhnte es!

„Ich möchte zuerst eine rauchen! Ich muss das erst verdauen!"

Sie hatte das „Problem" seit ihrem letzten Treffen total zur Seite geschoben und überhaupt nicht mehr daran gedacht. Nie wäre ihr in den Sinn gekommen, dass Stefan auch jetzt noch … Sie hatte gedacht, er hätte nur dieses eine Mal geschnüffelt!

Ihre guten Vorsätze waren beim Teufel. Eigentlich hatte sie schon eine ganze Weile nicht geraucht, aber jetzt …

Mischa nahm sie an der Hand und führte sie wie ein kleines Kind hinaus auf den Vorbau.

„Komm, schnauf mal drüber."

Eva zitterten die Knie. Richtiggehend schlecht war ihr! Irgendwie war sie gar nicht fähig einen klaren Gedanken zu fassen. Er hatte ihr doch versprochen …, war sie ihm nicht wichtig genug? Erst jetzt verstand sie, warum er das mit dem Rauchen gesagt hatte. Er wusste nur zu genau, wie gerne Eva rauchte und so mit verglich er es damit.

Oder hatte er einfach unter der Einsamkeit gelitten? Blödsinn – er war doch erstens kaum allein und zweitens hatte es sie doch vorher auch nicht gegeben! Nur weil sie jetzt eine Weile nicht da gewesen war, lächerlich … einfach lächerlich. Schulische Probleme – na, ein Vorzeigeschüler war er wohl noch nie!

Er brauchte das Abschlusszeugnis für seine Lehre, okay, aber so schlimm würde es schon nicht sein?

Noch immer hielt Masche ihre Hand. Erst jetzt bemerkte Eva, wie bekümmert er dreinschaute!

„Ich habe nicht einmal eine Zigarette bei mir ..."

Schweigend ging er in die Hütte und holte welche. Er selbst rauchte nämlich gar nicht.

„Eigentlich wollte ich aufhören, aber jetzt ..."

„Mach dir nicht so viele Sorgen, das wird schon wieder!"

Jetzt wurde Eva erst recht zornig!

„Das wird schon wieder, was soll denn das heißen? Du redest, als ob er sich die Knie abgeschürft hätte! Das", sie zeigte Richtung Hütte, „ist keine Wunde, die von selbst wieder heilt!"

Betretenes Schweigen folgte.

„Wie oft, weißt du, wie oft er das macht?"

Er überlegte: „Keine Ahnung!"

„Bitte Mischa, du bist sein bester Freund! Glaubst du, dass er Hilfe braucht?"

„Ach, der fängt sich schon wieder. Du bist ja jetzt wieder da! Wir werden in der nächsten Zeit ein bisschen auf ihn aufpassen, okay! Er hat die Matheschularbeit versaut und fürchtet um seine Lehrstelle. Er braucht ein gutes Abschlusszeugnis. Du weißt ja, wie wichtig ihm die Arbeit ist. Er will so bald wie möglich selbstständig sein und ausziehen. Sein Großvater, ein pensionierter Schuldirektor, geht ihm furchtbar auf den Wecker. Der will unbedingt einen Studenten aus Stefan machen, doch der hat damit absolut nichts am Hut!"

„Ach herrje, immer dasselbe! Warum lässt man ihm denn nicht einfach seinen Willen! Ist doch seine Sache, wenn er lieber schmutzige Autos repariert als mit Hemd und Krawatte am Schreibtisch zu sitzen!"

Eva tötete ihre Zigarette aus und sah noch einmal nach Stefan.

Noch immer lag er in derselben Position da. Liebevoll nahm sie seine Hand und streichelte damit ihr Gesicht.

„Was machst du nur für Sachen? Ich habe mich doch so auf dich gefreut, … aber wir kriegen das wieder hin, ich verspreche es dir, okay?"

Sie blieb noch eine Weile vor ihm hocken und Tränen flossen über ihr Gesicht. Sie fühlte sich so klein, so ohnmächtig, so hilflos.

Mischa war draußen geblieben und wartete.

„Wo sind eigentlich die anderen?"

„Ich habe sie alle nachhause geschickt und anständig ins Gebet genommen!"

„Warum … nimmt das Zeug noch jemand?!?"

„Fast alle haben damit herumexperimentiert! Leider!"

„Und?"

„Alfred hat vorgestern fürchterlich erbrochen und Chris war auch ziemlich schlecht! Ich hoffe, dass ihnen das jetzt eine Lehre ist und sie die Finger davon lassen!"

„Marianne, so ein Miststück, diesen Dreck hätte sie wahrlich für sich behalten können!!!"

Man merkte, beide waren tief betroffen und aufgewirbelt und wahrscheinlich wussten sie in ihrem Innersten, das da ein gewaltiges Problem auf sie zusteuerte, aber vielleicht wollte man immer hoffen und konnte den Tatsachen nicht ins Auge sehen, solange nichts Gegenteiliges feststand. Was hätten sie denn auch tun können?

Sie marschierten ein Stück zur „alten Glan", das war das ursprüngliche Flussbett der Glan und zum Teil sehr wild verwachsen. Im Winter konnte man an manchen Stellen ganz toll Eis laufen und im Sommer war es ein guter Platz zum Herumkraxeln[18]. Ringsum wuchsen sehr hohe alte Weiden und Erlen. Man hörte ihre Blätter rascheln, aber Eva und Mischa hatten überhaupt keinen Blick für die Natur, beide waren zu sehr mit ihren Problemen beschäftigt.

Plötzlich blieb Mischa stehen: „Warum …?"

„Was, warum, was meinst du?"

„Ach, vergiss es!"

„Was soll ich schon wieder vergessen?" Erst jetzt bemerkte sie, wie er sie ansah. Oje, das durfte doch wohl nicht wahr sein! Er war ganz offensichtlich verliebt!!!

„Nein, Mischa, frag mich nicht warum, aber es ist so, ich habe mir das doch auch nicht ausgesucht, es passierte einfach. Du bist echt nett, zuvorkommend, fürsorglich und was weiß ich noch alles ... Was ist eigentlich mit Lilo und dir?"

Er schüttelte nur enttäuscht den Kopf.

„... aber ... ich kann doch auch nichts dafür, mach es mir nicht so schwer, ich habe wirklich andere Sorgen, musst du im Moment nicht ebenso an was anderes denken ...? Vergiss es!!"

Sie ließ ihn einfach stehen und rannte davon! Das hatte ihr gerade noch gefehlt!

16.

Wie soll's jetzt weiter gehen?

Bloß ab nachhause!
Wie blind rannte Eva zu ihrem Bike. Nein, einen Blick wollte sie noch auf Stefan werfen. Es hatte sich nichts geändert, noch immer lag er völlig regungslos da! Von den anderen weit und breit keine Spur.

Doch jetzt konnte sie ja ohnehin nichts ändern! Schweren Herzens trennte sie sich von seinem Anblick, sie verspürte Angst. Hoffentlich passierte ihm nichts! Was wenn der Kreislauf versagte?

Sie konnte gar nicht mehr sagen, wie sie die Strecke gefahren war, ihre Gedanken überschlugen sich. Ganz verschreckt reagierte sie, als ihre Mama sie ansprach: „Na, meine Kleine, wie geht's uns denn so? Glaubst du, du bist wieder fit? Ein bisschen blass kommst mir schon noch vor!"

Gequält versuchte sie scharmant zu lächeln. „Ach, ich bin ganz zufrieden, beim Rad fahren merke ich, dass mir noch ein wenig die Kräfte fehlen, aber sonst geht's ganz gut. Was gibt's zu essen?"

Das war für ihre Mama immer die beste Frage, denn stets sorgte sie sich, ob Eva wohl genug bekäme! Eigentlich war ihr nämlich überhaupt nicht nach essen, aber so war Mama beschäftigt und Eva hatte ihre Ruhe. Sie verzog sich ins Bad, um Mamas Hygienevorstellungen voll zu entsprechen. Bloß keine Konfrontation mehr heute!

Total in ihrer Welt versunken, aß sie irgendwelche Brote still vor sich hin. Hinterher gefragt, hätte sie sicher nicht sagen können, was sie da konsumiert hatte. Wenigstens ließ Mama sie nun in Ruhe!

Wie sollte es jetzt bloß weitergehen?

Könnte sie Stefan davon wegbringen? Würde er auf sie hören? War er süchtig? Was bewirkte dieses „Teufelszeug"? Hoffentlich …

Aber eigentlich kannte er es ja noch gar nicht lange, so schlimm würde es dann schon nicht sein, oder!?!

Wie oft er es wohl schon genommen hatte?

Ach herrje, die heutige Nacht wurde bestimmt zermürbend. Eva kannte das schon, hatte ein Problem sie erfasst, war es so ziemlich unmöglich abzuschalten. Meist schlief sie dann fast gar nicht und wenn, dann meist erst so ab drei, sehr unruhig und mit fürchterlichen Träumen.

„Danke fürs Abendessen, ich muss noch lernen!"

Das half immer! Mama würde sie wiederum in Ruhe lassen. Irene war noch bei einer Freundin. Auch gut! Sie wollte unbedingt noch mit Mischa telefonieren. Na prima, das klappte doch glatt auf Anhieb!

„Hast du noch einmal nach ihm gesehen?"

„Klar, was denkst du denn? Ich habe ihn noch nicht wach bekommen, aber er hat schon etwas gemurmelt und sich umgedreht. Ich lerne jetzt noch ein bisschen und schau dann noch einmal, was sich machen lässt."

„Muss er denn nicht nachhause?"

„So bis um acht ist das kein Problem und wenn ich es bis dahin nicht schaffe, rufe ich seine Mutter an und sage ihr, er ist bei mir, dann habe ich Spielraum bis zehn und da, denke ich, gibt es dann sicher kein Problem mehr."

„Ach Mischa, danke, wenn wir dich nicht hätten …"

Schnell noch Abendtoilette und ab ins Bett, natürlich mit Zettel und Schreiber bewaffnet! Sie machte das immer so. Den Zettel eingeteilt in zwei Spalten: Pro und Contra! Nur heute gab es kein Pro! Oder sollte sie überhaupt darüber nachdenken, ob er „ihr" Freund war. Endlich die erste Verabredung nach so vielen Tagen und er ... Lag ihm überhaupt noch was an ihr?

Ach Blödsinn, man konnte doch nicht beim ersten Problem davonrennen! Probleme waren doch dazu da, um gelöst zu werden. Jetzt war sie wieder gesund und hatte bestimmt fast täglich, wenigstens ein Weilchen, Zeit für ihn, da würde es dann schon gehen.

„Scheibe – ich muss noch Geo lernen, morgen will die doch glatt einen Test schreiben!"

Mühsam kramte Eva ihr Heft hervor: „Bäh ..., so etwas Langweiliges!"

Sie versuchte sich zu konzentrieren und alles aufmerksam durchzulesen, aber leider schweiften ihre Gedanken immer wieder ab.

Schließlich schlief sie doch völlig genervt ein. Nichts hatte sich gelöst, keine klaren Gedanken, keine konkreten Ziele.

Aber wenigstens die Hoffnung auf morgen, ihn da völlig normal wie immer anzutreffen!

17.

Na, wer sagt's denn!

Am Morgen erwachte Eva wie gerädert. An Geo wollte sie gar nicht denken und an den Rest sowieso nicht! Na ja, irgendwie würde sie diesen Vormittag schon überstehen! Für Geo hatte sie gleich eine perfekte Ausrede: Niemand hätte ihr ein Heft zum Nachschreiben geborgt, da ja alle lernen mussten! Gebongt – die Lehrerin „fraß" es ohne mit der Wimper zu zucken. Sie sollte sich heute ein Heft ausborgen und sich in der nächsten Stunde melden. Wenigstens etwas.

Mittags nervte ihre Mutter mal wieder und erklärte etwas wie: einkaufen in der Stadt, ob Eva nicht mitwollte, dann könnten sie gleich wegen der neuen Turnschuhe schauen ...

Bloß das nicht!!! Heute hatte sie mit Sicherheit keinen Bock[19] auf neue Turnschuhe!!!

Wie sollte sie sich da wieder herausreden? Schließlich maulte sie etwas von so eine Menge für die Schule erledigen zu müssen, das wäre dann zu anstrengend und deshalb wollte sie auch zur Entspannung ein wenig Rad fahren und nicht vom einen Geschäft zum nächsten hatschen!

Das war nahezu perfekt! Manchmal oder fast immer waren Eltern echt naiv, sie bekamen von ihren Kindern immer das erzählt, was sie hören wollten und hinterfragten das nicht ein einziges Mal!

So viel wie Eva immer Rad fuhr, fast täglich und immer stundenlang, könnte sie eigentlich bei der Tour de France mitmachen! Was dachte ihre Mutter da eigentlich? Sie fragte nie nach einer Strecke oder einem Ziel. Egal, das sollte nicht ihr

Problem sein, Hauptsache, sie konnte heute ungehindert zur Hütte!

Ihre Mutter ließ sie heute sogar beim Essen in Ruhe, da sie schon eifrig mit dem Zusammenräumen beschäftigt war, sie wollte ja möglichst rasch in die Stadt! Eva verzog sich in ihr Zimmer und tat ganz geschäftig. Als ihre Mutter das Haus endlich verließ, wartete sie noch ein Viertelstündchen, denn man konnte ja nie wissen, entweder sie vergaß etwas und kam noch einmal oder sie tratschte unterwegs und auch da war es nicht gerade von Vorteil, wenn sie des Weges käme und ihre Mutter schon jetzt mit dem Rad überholte, wenn sie doch so viel für die Schule zu tun hatte. Endlich konnte sie los. Sie war gespannt wie ein Drahtseil: Würde er da sein? Wie ginge es ihm heute? Und: Wie würde er reagieren?

So schnell war sie noch gar nie zur Hütte gefahren, Bike weg und rauf! Musik war zu hören, sie riss die Türe auf, da saß er und grinste übers ganze Gesicht.

„Hallo Schätzchen, schön dich zu sehen. Hab dich schon vermisst! Bist du wieder am ‚Damm'?"

Und jetzt? Sie starrte ihn entsetzt an.

„Ich schon, aber du …?"

„Vergiss es, ich hatte gestern einen schlechten Tag, ist schon wieder vorbei. Ich weiß, das war kein netter Anblick, aber mach dir keine Sorgen, es kommt in deiner Gegenwart nicht wieder vor!"

„Was heißt hier in meiner Gegenwart …, hast dir überhaupt überlegt, was du da tust?"

„Jetzt mach aber mal halb lang, das ist harmloser als ein ordentlicher Rausch und du führst dich ärger auf als meine Mutter! Übrigens, nachdem sie noch lebt, brauche ich eigentlich keine zweite!"

Eva blieb förmlich die Spucke weg. Einerseits war das genau der coole Typ, den sie bewunderte, doch andrerseits zweifelte sie, ob …

„Harmloser als ein Rausch, also da habe ich so meine Bedenken …, wie du da gelegen hast, ohne irgendeine Reaktion!"

„Vergiss es einfach! Wo bleibt überhaupt mein Begrüßungskuss?"

Brav, wie ein kleines Mädchen, schritt sie auf ihn zu und umarmte ihn heftig.

Sie zitterte vor Aufregung.

„Na, na, was ist denn das?"

„Ich bin froh, dass es dir wieder besser geht!"

„Mischa hat dir sicher erzählt, dass ich meine Mathearbeit versaut habe und ich brauche doch gute Noten zum Abschlusszeugnis für meine Lehrstelle, du weißt, wie streng sie da sind.

Außerdem hatte ich arge Langeweile, niemand war da, und ich so frustriert!"

„Super, wenn ich immer was nehmen würde, wenn ich mich schlecht fühle …!"

Sie spürte, wie seine sanfte Stimmung wieder in Trotz umschlug!

„Sicher – Fräulein ‚Neunmalklug', Fräulein ‚Obergescheit' – wissen wir wieder einmal alles besser? Wenn dir was nicht passt, geh doch …"

Genau das hatte sie nicht gewollt!

„So war das doch nicht gemeint, aber wozu gibt es mich, wenn du Sorgen hast?"

„Madame war wohlgemerkt längere Zeit nicht da und ist ja leider die halbe Zeit auch telefonisch nicht erreichbar!"

Ein Weilchen ging es so Schlag auf Schlag hin und her, bis Stefan sie schließlich grinsend umarmte und ihr etwas Zärtliches ins Ohr flüsterte. Sanft schob er sie zur Couch, ganz behutsam schmusten sie miteinander, bis er plötzlich Evas Pulli hochschob. Sie erfasste seine Hand und: „Versprich mir bitte, dass du …"

„Jetzt hör schon auf das gar so ernst zu nehmen, ich bin wieder okay und im Moment interessierst nur du mich!"

Ganz wohl fühlte Eva sich noch immer nicht. Sie konnte auch seine Küsse nicht genießen, instinktiv wusste sie, dass da noch einiges unausgesprochen war zwischen ihnen, aber Stefan blockte ab. Für heute wollte sie es einmal dabei bewenden lassen und die nächsten Tage würden zeigen, wie es weiterging. Da kamen die anderen und mit der trauten Zweisamkeit war es damit so oder so vorbei. Beinahe war Eva froh darüber.

In den nächsten Tagen und Wochen waren Stefan und Eva beinahe täglich für ein, zwei Stunden, manchmal auch noch länger, zusammen. Wenn es regnete, verbrachten sie die Zeit in der Baumhütte mit Musikhören, gemütlichem Tratsch und viel Gelächter. Lachte die Sonne vom Himmel, zog es sie in die Natur. Sie streiften oft nur zu zweien, manchmal aber waren auch noch einer oder sogar mehrere der anderen mit von der Partie. Es ging über Wiesen, querfeldein zum nahe gelegenen Muraunberg. Da gab es mitten im Wald an einer Wegkreuzung eine kleine Kapelle mit einer schwarzen Madonna, gleich daneben floss ein winziges Bächlein herab. Selbst der Unromantischste unter ihnen wurde an diesem Plätzchen ein wenig stiller. Stefan flüsterte immer nur, wenn sie sich dort aufhielten. Nur einmal erklärte er frech grinsend, Eva müsse eigentlich täglich hierher pilgern. Auf ihre Frage, wozu das wieder gut sein solle, meinte er nur: „Ja, aus Dankbarkeit natürlich, dass du mich bekommen hast!" Eva ging daraufhin laut aufbegehrend mit geballten Fäusten, aber ebenso lachend auf ihn los!

Eva war eigentlich ein Naturkind und von klein an immer viel mit ihrem Opa und auch mit ihrem Vater draußen unterwegs. Sie kannte daher viele Pflanzen und zu einigen sogar ein Märchen. Wenn sie beide allein waren, erzählte Eva davon und Stefan schien ihr gern zuzuhören.

Sie verstanden sich überhaupt ausgesprochen gut, oft dachten sie ähnlich und hatten denselben Geschmack, nur in ihrer Lebenseinstellung waren sie grundverschieden. Eva war einfach viel pflichtbewusster, ordentlicher, konsequenter und vor allem etwas ängstlicher bei ihren Handlungen! Das darf man jetzt nicht falsch verstehen, sie traute sich schon einiges, war oft sogar mutig und scheute keine Konsequenzen, wenn es um Recht und Unrecht ging. Aber ihr eigenes Leben würde sie nie aufs Spiel setzen.

Stefan hingegen wirkte wie ein junger unverwundbarer Adonis. Er ließ sich auf unmögliche, wagemutige Wetten ein und schien keine Minute darüber nachzudenken. Nachdem er Evas Einstellung mittlerweile bereits kannte, umging er umständliche Diskussionen, indem ihr niemand etwas von diesen Unternehmungen erzählen durfte. Meist sickerte erst hinterher etwas durch, wenn sie wieder einmal einen dubiosen Erfolg feierten. Häufig war es Alfred, der in seinem kindlichen Stolz auf Stefan wieder einmal damit prahlte und alle Hand- und „Pssst-" Zeichen der anderen übersah.

Eva reagierte meist sehr empört, aber Stefan verstand es jedes Mal ihr den Wind aus den Segeln zu nehmen.

„Mir passiert schon nichts …, keine Angst, ich weiß doch was ich tue …"

So und ähnlich klangen seine Ausreden. Manchmal predigte sie auf ihn ein und er saß ein wenig zerknirscht da, um dann gleich im nächsten Moment wieder breit zu grinsen und leichtfertig zu fragen: „Bist du jetzt fertig, ‚Ersatzmama'?"

Insgeheim war sie froh, dass es das andere Problem eigentlich nicht mehr zu geben schien! Nun gut, sie schloss ihn täglich fest in ihr Abendgebet ein und hoffte, das würde genügen.

Auch sonst war er einfach ein super Kerl, er hatte sie noch nicht einmal bedrängt. Wie lange er wohl noch warten würde?

18.

Freundschaft allein genügt nicht mehr?

Einerseits fürchtete Eva sich, sie hatte natürlich noch keinerlei Erfahrung, außer Küssen war da noch nie etwas. Ihre vorhergehenden „Verliebtheiten" dauerten kaum länger als vierzehn Tage und das reichte wohl nicht um ...

So eine war Eva nicht!

Aber das jetzt war etwas ganz anderes!

Andrerseits hatte auch sie Sehnsucht und fühlte eine innere unbeschreibliche Aufgewühltheit, sozusagen Schmetterlinge im Bauch, wenn Stefan sie so leidenschaftlich küsste! Wie das weitergehen sollte?

Sie kannte ihren Körper sehr genau und hatte sich in den letzten Wochen beobachtet, ein Buch aus der Stadtbibliothek war da auch sehr aufschlussreich. Sie kannte mittlerweile den Unterschied zwischen fruchtbaren und unfruchtbaren Tagen, aber verlassen wollte sie sich darauf nicht! Sie wollte einfach demnächst in den Drogeriemarkt gehen und sich Kondome besorgen.

Wenigstens einmal, um eine Packung zu öffnen, diese Dinger zu betrachten und vor allem zu befühlen.

Sie könnte ja auch ihre Schwester fragen, aber die würde bestimmt wieder hämisch grinsen und sagen: „Kommt Zeit, kommt Rat, Schwesterchen, in deinem Alter muss man davon noch gar nichts wissen und das sollte auch so bleiben!" Sie tat dann immer unverschämt wissend und erklärte doch nichts! Eva bekam Sorgenfalten, wenn sie da an ihre Art dachte, in solchen Momenten kehrte sie immer den „Aufpasser" heraus, schrecklich.

Wo Babys herkommen, hatten ihre Eltern ihr nicht erklärt. Eva konnte sich noch gut daran erinnern, wie sie im Kleinkindalter mit ihrer Kusine darüber gestritten hatte, ob sie jetzt der Klapperstorch brachte oder ob man sie tatsächlich aus dem Wurstkessel fischte. Ihre Kusine war felsenfest von der Wurstkesseltheorie überzeugt und wenn sie damals die Erwachsenen in ihre Debatte miteinbezogen, bekamen sie keine eindeutigen Antworten, eher ein hämisches Grinsen, was natürlich nicht weiterhalf. Noch heute musste sie darüber lachen, wenn sie an die Intensität dieser Auseinandersetzungen dachte. Sie hatte ihr Wissen vorwiegend aus Jugendzeitschriften und Fachbüchern. Jetzt war sie oft diejenige in ihrer Klasse, bei denen sich andere Rat holten. Erst vor Kurzem hatte sie in Deutsch ein Referat über die Pubertät und die damit verbundenen Veränderungen im weiblichen wie auch im männlichen Körper gehalten, und dafür sogar Applaus von ihren Mitschülern geerntet.

Auf jeden Fall wollte Eva nichts überstürzen, sie würde immer nur so weit gehen, wie es vor allem ihr recht war. Stefan würde sich schon noch ein wenig in Geduld üben müssen, aber das tat er ja auch jetzt schon. Außerdem ging es doch letztendlich um eine Premiere und eine solche gehörte auch dementsprechend vorbereitet und gefeiert! So weit, so gut, aber endgültig besprochen hatten sie das noch nicht.

Vorerst begannen aber nächste Woche die Osterferien und darauf freuten sich alle mächtig!

Ausschlafen, keine Schule, abends länger wegbleiben – herrlich! Außerdem wollten die Jungs einen Osterhaufen bauen. Falls ihr diesen Brauch nicht kennt, will ich ihn kurz erklären:

Im Frühling wird von sämtlichen Baum- und Strauchschnitten alles zusammengetragen und vor Ostern zu einem riesigen Haufen (einige Meter hoch) aufgestapelt, ganz oben hinauf kommt ein Kreuz und in der Nacht von Karsamstag zum Ostersonntag werden diese Haufen zum Zeichen der Auferstehung Jesu angezündet. In den letzten Tagen davor muss der Haufen sogar bewacht werden, da ihn sonst jeder Fremde anzünden könnte und das wäre dann natürlich eine Schande.

Meist wird rund um ein Lagerfeuer gesessen, einiges getrunken, gegessen und viel geblödelt, der religiöse Aspekt ist sehr weit in den Hintergrund geraten, ans Beten denkt heute wohl kaum jemand mehr.

Auf dieses gemütliche Beisammensein freuten sich alle! Leider kam alles anders!

Drei Tage bevor sie mit der Arbeit beginnen wollten, gab ihnen der Besitzer der Wiese, auf der sie den besagten Haufen errichten wollten, Bescheid, dass er wegen der Lärm- und Dreckbelästigung strikt dagegen sei! Natürlich verhielten sich feiernde Jugendliche meist nicht gerade leise und so ein brennender Osterhaufen verursachte eine Menge Rauch und Ruß. Manchmal flogen da die Aschenteilchen ziemlich weit.

Alle hatten hängende Gesichter und auch ihr Schimpfen nützte wenig, sie mussten diese Entscheidung einfach zur Kenntnis nehmen.

Eva war es schließlich, der es gelang die Stimmung wieder ein wenig zu heben, indem sie erklärte: „Ach, freut euch doch! So bleibt uns allen eine Menge Arbeit erspart und zum Feiern können wir uns doch auch beim ‚Gratzer Bacherl' treffen. Wenn wir denen ein paar Getränke mitbringen, haben sie sicher nichts dagegen und die haben meist einen riesigen Osterhaufen."

Das war zwar nicht das „Über-drüber", aber besser als gar nichts.

Im Nachhinein betrachtet, blieb ihnen wirklich einiges erspart, es regnete nämlich so ziemlich die gesamte Karwoche. Eva traf sich täglich mit Stefan und musste sich für zuhause allerhand Ausreden einfallen lassen, wo sie sich denn jeden Nachmittag aufhielt. Wenigstens konnte man das am Handy nicht kontrollieren!

Hoffentlich träfe ihre Mutter in nächster Zeit keinen Elternteil einer ihrer Freundinnen, bei denen sie angeblich so viel Zeit verbrachte. Sonst wurde es ganz schön eng! Denn bei diesem Sauwetter konnte sie natürlich nicht sagen, sie sei Rad fahren! Da es draußen recht ungemütlich war, heizte Stefan ein paar Mal sogar ein. Sie kuschelten viel miteinander, tratschten und kicherten. Drinnen war es wirklich urgemütlich, schön warm und lauschige Musik, so richtig zum Träumen. Nur am Mittwoch wirkte Stefan etwas geknickt und Eva kam nicht recht dahinter, was ihn bedrückte. Immer wieder wich er ihr aus und unterbrach ihre Zärtlichkeiten.

„Was ist bloß los mit dir? Was hast du denn?"

Er saß neben ihr und schwieg.

„Komm schon, hast du denn kein Vertrauen zu mir? Rede es dir doch einfach von der Seele."

„Wenn das so einfach wäre!"

Lange bedrückende Pause.

„Du weißt, dass du meine erste große Liebe bist und jetzt sind wir auch schon eine ganze Weile beisammen und noch nie hat mir ein Mädchen so viel bedeutet, aber vielleicht verlange ich doch zu viel von dir, wenn ich ... Du bist doch noch so jung, wir beide sind es noch und wir haben auch alle Zeit der Welt, aber ich ..."

Er hielt sie jetzt fest umschlungen.

„Ja, was denn?"

„Ich habe einfach das Bedürfnis dich zu streicheln, ich halte es nicht länger aus, du machst mich so verrückt ..."

Sie nahm sein Gesicht in ihre Hände: „Ach, mein Dummerchen, mir geht es doch genauso."

Zärtlich küsste sie seine Lippen.

„Streicheln ist ganz okay, nur für ‚das Letzte' – du weißt schon, was ich meine, bin ich noch nicht bereit."

Beide waren erleichtert. Eva hatte schon „wer weiß was" befürchtet! Nur jetzt musste sie rasch nachhause, es war wieder einmal später, als sie gewollt hatte.

19.

Der erste Streit

Am nächsten Nachmittag fuhr sie ziemlich aufgeregt zur Hütte. Gestern hatte sie noch einmal enormes Glück gehabt, ihre Eltern waren gar nicht daheim, als sie eingetrofffen war. Das hatte ihr eine Predigt erspart!

War er vielleicht wieder allein da, würde er …? Gleich würde sie es wissen!

Oje, volles Haus!

Trotzdem hauchte sie ihm einen zarten Kuss auf seinen Mund. Was war das denn?

Wiederholung. Kurze Nachdenkpause und da … jetzt wusste sie, was so komisch schmeckte!

„Du hast geschnüffelt!"

„Ihh wo, habe ich doch gar nicht. Christoph, habe ich geschnüffelt?"

„Keine Ahnung, ich bin doch selbst erst seit fünf Minuten da."

„Jetzt lässt mich auch noch mein bester Freund im Stich! Kannst du nicht einfach ‚Nein' sagen!"

„Tut mir Leid, aber das ist ganz allein dein Problem, da halte ich mich raus. Kommt Leute, verziehen wir uns, ich glaube, die beiden haben was zu besprechen!"

Anscheinend hatte er bemerkt, wie zornig Eva dreinschaute.

Und weg waren sie, fast gespenstisch, niemand wollte da bleiben. In Evas Kopf dröhnte es nur so. Was sollte sie ihm jetzt sagen!

„Hast du nicht versprochen es nicht wieder zu tun? Was soll das jetzt? Willst du mich vergraulen? Gestern eine Liebeserklärung und heute das!"

Etwas zerknirscht saß er da, er wagte nicht Eva in die Augen zu sehen.

Sein Oberkörper schwankte leicht.

„Bitte halte mir jetzt keine Standpauke, sie labern mir bereits zuhause die Ohren zu!"

„Hat deine Mutter es auch schon gemerkt?"

„Nein, natürlich nicht, aber so wegen der Schule und meinen Leistungen."

„Weil es ja auch wahr ist! In ein paar Wochen ist es sowieso vorbei, da könntest du dich doch wirklich noch einmal zusammenreißen!"

„Hör bitte auf, ich kann das gar nicht mehr hören!"

„Wie soll ich denn deiner Meinung nach reagieren? Dir um den Hals fallen, dich loben vielleicht? Oh Pardon, Herr Graf ist wieder einmal beleidigt, dann schnüffelt er halt noch ein bisschen und schon ist die Welt viel netter!"

„Du verstehst das nicht!"

„Was gibt es denn da zu verstehen?"

Er dachte angestrengt nach, es fiel ihm offensichtlich schwer, auch beim Sprechen hatte er deutliche Probleme, seine Zunge gehorchte nicht so ganz.

„Du bist so stark, hast keine Probleme und selbst in der Schule klappt bei dir alles!"

„Der Coole von uns beiden bist doch du! Was du dich alles traust und was du alles kannst … Deine Zukunft – du weißt genau, was du willst. Ich dagegen tappe da noch völlig im Dunkeln, keine Ahnung, was aus mir einmal werden soll! Nur so, so machst du uns alles kaputt, oder glaubst du vielleicht, du kannst so in der Schule zu besseren Noten kommen? Und mich vergraulst du ebenso!"

Das war offenbar zu viel!

„Dramatisiere jetzt bloß nichts, nur weil ich ab und zu high bin, geht doch nicht die Welt unter!"

„Aha, da haben wir den Salat, ab und zu einmal ... und ich, ich glaubte, du würdest mir zuliebe aufhören. Jetzt merke ich erst, wie dumm ich war!"

Es war endgültig vorbei mit ihrer Fassung!

„Wenn das so ist, ist es wohl besser unsere Wege trennen sich, dann kannst du schnüffeln, so oft du willst und niemanden stört es! Also tschüss!"

Unschlüssig stand sie vor ihm. In ihrem Kopf hämmerte es: Gib ihm doch noch eine Chance, lass ihn jetzt nicht im Stich, er braucht dich doch! Wenigstens eine kleine Hintertür lass offen ...

„Bitte, geh nicht, bitte bleib!"

„Du hast mich so enttäuscht, ich muss jetzt gehen, aber vielleicht denkst du, wenn du wieder klar im Kopf bist, noch mal darüber nach, dann kannst mich ja einmal anrufen!"

Sie stürmte hinaus. Tränen ließen ihren Blick verschwimmen und sie sah kaum die Sprossen beim Hunterklettern. Was sollte sie jetzt tun? Nichts wie weg hier, aber wohin? Nachhause konnte sie so auf keinen Fall, sie musste sich zuerst einmal beruhigen. In Gefahr war er ja nicht, wahrscheinlich würde er sich hinlegen und schlafen. Sollte sie zu Mischa oder Christoph? Nein, da waren wahrscheinlich auch alle anderen! Wie von selbst fuhr sie zur alten Glan, zu einem ihrer Lieblingsplätzchen.

Erst mal durchatmen! Ihr Kopf schwirrte! Eine rauchen, das beruhigt.

Melitta anrufen, vielleicht wusste sie Rat. Verflucht – Mailbox, wieder einmal kein Empfang, da oben auf dem Berg.

Stefan schnüffelte also öfter, das stand fest! Ihr war zwar schon ein paar Mal aufgefallen, dass er einen komischen Mundgeruch hatte, aber nie hatte sie ihn richtig zugeordnet, auch die glasigen Augen hätten ihr auffallen müssen. Nur heute dürfte es noch nicht so lange her gewesen sein, heute war es nicht mehr zu übersehen. Sie war ja auch früher dran als sonst, wahrscheinlich hatte er noch nicht mit ihr gerechnet. Ob er auch abgenommen hatte? Richtig, er beklagte sich in letzter Zeit häufiger über Appetitlosigkeit und ihm sei wieder einmal gar nicht gut. Kein Wunder! Warum versuchte er sich nur mit diesem blöden Zeug zu trösten?

Die einzelnen Gedanken jagten durch ihren Kopf, aber was einzig und allein zählte, war die Frage: War er wirklich süchtig? So richtig süchtig, dass er gar nicht selbst entscheiden konnte, ob er aufhörte, weil er dieses Gefühl einfach zu sehr vermisste?

Fleckbenzin war doch keine Droge!

Was nützte alles Nachdenken, sie musste unbedingt mit Mischa reden, er schien ihr von allen der Vernünftigste zu sein!

Gemeinsam würden sie bestimmt eine Lösung finden und sollte ihre Liebe daran zerbrechen, sie wollte ihm auf jeden Fall helfen.

Was hatte Mischa für eine Handynummer? Ach blöd, er hatte gerade vor ein paar Tagen voller Stolz sein neues Stück gezeigt und sie hatte seine Nummer nicht eingespeichert, weil ihr Handy da gerade zuhause aufgeladen wurde. Alfred, bestimmt wusste er sie, denn wenn er sich sonst auch alles sehr schwer merkte, Zahlen faszinierten ihn!

Tatsächlich, es klappte. Er war daheim und wusste die neue Nummer sogar auswendig. Sofort versuchte sie Mischa zu erreichen.

„Hey Mischa, ich weiß jetzt nicht, ob dir schon jemand was erzählt hat, aber Stefan ... Okay, alles klar. Keine Zeit ... Buchhaltung ‚strebern' ..., schwierigen Test in drei Tagen, ... oje ..., fein, wenn es morgen klappt ... okay, danke!"

Sie würde morgen alles genau mit ihm besprechen. Abends im Bett wollte sie sich ein paar Punkte notieren, damit sie nichts vergaß. Eine noch geraucht und ab nachhause, es war wie immer sehr kühl und es half ja doch nichts.

Nur eines wusste sie genau, so hatte sie sich diesen Nachmittag bestimmt nicht vorgestellt!

20.

Ein ständiges Auf und Ab!

Wieder schlief Eva unruhig und wälzte sich im Bett hin und her. Verschwitzt und wie erschlagen erwachte sie am Morgen. Der Tag zog sich schon beim Frühstück. Egal, es würde schon vergehen. Mischa hatte ab 15 Uhr für sie Zeit! Nur das war wichtig.

„Ich muss heute zu deiner Tante, sie hat Grippe, da wollte ich fragen, ob du mitkommst und ein wenig mit den Kindern spielst, während ich aufräume? – Hallo Eva, hörst du mir überhaupt zu? Aha, das Fräulein ist nicht ausgeschlafen, hat wahrscheinlich wieder bis ‚Halleluja' gelesen oder Musik gehört? Aber damit ist jetzt Schluss, das werde ich wieder öfters kontrollieren, auch wenn Ferien sind, sollst du nicht bis eins oder zwei in der Früh lesen, das ist schlecht für die Augen, die Nachttischlampen geben dafür einfach zu wenig Licht!"

Wieder Ausreden suchen!

„Du hast Recht, ich hätte sowieso gerne eine stärkere Leselampe. Über dem Bett am Bettzeugschrank könnte man ohne Weiteres eine hinstellen, da wäre noch genug Platz."

Jede Mutter freute sich, wenn die Kinder einsichtig waren, also musste man ihr Recht geben, wollte man etwas erreichen. Sie nickte zustimmend.

„Vielleicht rede ich einmal mit Papa darüber."

„Kann ich nicht später zur Tante nachkommen, du brauchst bestimmt länger. Ich muss noch in die Stadt ein paar Dinge für die Schule kaufen, ich brauche noch ein paar neue Hefte, morgen beginnt es ja wieder!"

„Hauptsache, du kommst ..., die Kleine fragt sonst wieder ständig nach dir!"

Auch das noch! Ihr blieb auch nichts erspart!

Den Vormittag brachte sie mühsam, mehr oder weniger unaufmerksam, ständig ihren eigenen Gedanken nachsinnend, hinter sich. Nach dem Essen verzog sie sich rasch in ihr Zimmer. Handykontrolle. Nein, er hatte noch nicht angerufen! Ach, ständig wartete man im Leben auf irgendetwas und genau dann kroch die Zeit furchtbar langsam dahin, es war zum Aus-der-Haut-Fahren! Endlich! Kurz vor drei machte sie sich auf den Weg. Ihre Mutter war schon weg und Tante wohnt genau in der entgegengesetzten Richtung, also konnte Eva bedenkenlos starten.

Gott sei Dank, Mischa öffnete persönlich. Ihre Nerven lagen blank.

„Hast du ihn heute schon gesehen?"

„Nein, aber er war in der Stadt, Christoph hat ihn gesehen und der war vorhin kurz da."

Sie stiegen die Treppe rauf zu seinem Zimmer und setzten sich am Boden auf einen Fleckerlteppich, er brachte ihr einen Saft. Zuerst schwiegen beide ganz betreten.

„Ich weiß einfach nicht, warum er das macht? Ich kann es nicht nachvollziehen!", meinte Eva ganz kleinlaut.

„Stefan ist anders als wir, er will einfach ‚alles' vom Leben, braucht immer einen neuen ‚Kick' und viel Selbstbestätigung, ständig will er ein Sieger sein ... Ich glaube er braucht das, weil er sich ungeliebt fühlt."

„Aber warum, seine Mutter ist doch total nett?"

„Ja, aber du kennst seinen Vater nicht. Stefan sieht ihn nur selten und auch da lässt er kein gutes Haar an ihm, hat ständig etwas rumzunörgeln. Vielleicht will Stefan einfach zeigen, wie stark und cool er ist, am meisten braucht er das für sich selbst, denn sein Vater akzeptiert ihn einfach nicht so, wie er ist. Glaube mir, das hat auch nichts mit dir zu tun. Es wundert mich ohnehin, dass er dir die Treue hält, nicht böse sein, aber vorher hat er die Mädels gewechselt ... weiß gar nicht, wo er die immer hergezaubert hat, du musst schon was Besonderes sein!"

„Was nützt das, mich interessiert er so nicht, mir graut, wenn er in so einem komischen Zustand ist! Schnüffelt er eigentlich regelmäßig?"

„Ich weiß es auch nicht so genau, aber er erwähnte erst kürzlich, dass es vorm Einschlafen besonders schön sei."

„Na bravo – was machen wir denn da, glaubst du nicht, dass er da in was reingerät, dessen Auswirkungen er gar nicht abschätzen kann!"

„Ob er da nicht schon mitten drinnen ist? – Ich werde einfach versuchen ihn deftig ins Gebet zu nehmen, das verspreche ich dir und wenn du ihn auch noch ein klein wenig erpresst, ihr Frauen habt uns ja sowieso wunderbar in der Hand, dann erreichen wir vielleicht etwas ..."

„Und wenn nicht?"

„Ja, dann bleibt uns nur noch die Möglichkeit uns an eine Beratungsstelle zu wenden, oder an seine Mutter."

Eva schauderte, das klang fast wie Verrat! Aber wahrscheinlich hatte Mischa Recht. Sie blieb noch kurz und vereinbarte, dass Mischa, wenn nur irgendwie möglich, noch heute mit Stefan reden würde. Morgen wollten sie sich auf jeden Fall in der Hütte treffen, egal wie es ausging.

Eva beeilte sich, ihre Mutter wartete bestimmt schon.

Als sie gerade dabei war ihrer kleinen Kusine eine Lego-Burg zu bauen, läutete ihr Handy.

Es war Christoph: „Stefan, ... schon wieder high, kein vernünftiges Wort, ... beklagt sich ... Liebeskummer ... möchte sie unbedingt sehen ...!"

„Baah, das schon wieder ..."

Eva konnte unmöglich weg! Sie versprach morgen zu kommen, jedoch nur, wenn Stefan nicht high wäre, sonst machte sie auf der Stelle kehrt, er solle ihm das gefälligst verklickern! Das wurde ja immer besser!

So ein Theater, nein, damit hatte sie wirklich nicht gerechnet! Und eines wusste sie genau, das war es nicht, so hatte sie sich ihre erste tiefere Beziehung bestimmt nicht vorgestellt!

Bei ihrer Tante war sie eigentlich nur körperlich anwesend, aber anscheinend machte sie instinktiv das Richtige, denn ihre kleine Kusine war vollauf zufrieden und ihre Mutter und auch die Tante lobten sie über den grünen Klee. Tante war noch etwas schwach und somit noch wackelig auf den Beinen, aber wie immer großzügig und revanchierte sich mit einer Taschengeldaufbesserung. Gemeinsam mit ihrer Mutter trottete sie heim. Beide waren müde, aber ziemlich sicher aus unterschiedlichen Gründen. Am Abend verzog Eva sich in ihr Zimmer und gab vor zu lesen. In Wirklichkeit kreisten ihre Gedanken nur um Stefan. Wie sollte das bloß weitergehen?

Der erste Tag nach den Osterferien, da wollte in der Schule wenigstens niemand etwas Gravierendes von ihr. Leider ergab sich den gesamten Vormittag keine Gelegenheit sich ungestört mit Melitta zu unterhalten, ständig kam jemand dazwischen. Eva hatte zwar ein paar Andeutungen gemacht, aber sie hatte das Gefühl ihre Freundin verstand nur „Bahnhof". Außerdem wusste sie selbst nicht, wie viel sie überhaupt verraten sollte. Melitta versprach sie später anzurufen.

Am Nachmittag platzte sie auf dem Weg zur Hütte beinahe vor Aufregung. Sie hatte zu Mittag fast nichts essen können und ihre Mama sogar angeschwindelt. Sie hatte einfach erzählt, Melitta hätte so viel Kuchen von zuhause mitgehabt und den hätten sie am Bahnhof beim Warten auf den Bus verspeist. Hoffentlich …, hoffentlich … würde er „normal" sein! Und wenn er doch high war, wie würde er drauf sein? Wäre er allein? Was hatte Mischa ihm erzählt?

Sie hörte Stimmen, doch als sie die Türe öffnete, war Stefan allein drinnen, die Stimmen kamen aus dem Radio.

„Hallo", kam es kleinlaut aus seiner Richtung. Eva schritt auf ihn zu und musterte ihn scharf.

„Keine Angst, ich bin ‚clean'!"

„Gibt es das auch wieder einmal zwischendurch?"

„Hör auf so ätzend zu sein, mir geht es beschissen genug!"

„Na und, bin vielleicht ich dran Schuld?"

„Natürlich nicht, aber ich habe es in letzter Zeit wohl ein wenig übertrieben, jetzt ist mir fast ständig übel und ich kann mich gar nicht mehr konzentrieren. Eigentlich sollte ich lernen, übermorgen habe ich Englischschularbeit."

Eva hörte kommentarlos zu.

„Bist du mir noch böse?"

Eva zögerte: „Böse ist nicht der richtige Ausdruck, ich bin eher enttäuscht!"

Traurig sah er zu ihr auf. So einen „Dackelblick" hatte sie bei ihm noch nie gesehen, „ihr" starker Typ sah jetzt ziemlich schwach aus.

„So einfach ist das nicht. Wie stellst du dir das denn weiter vor?"

Er dachte nach, sein Kopf war gesenkt. Überhaupt kam er Eva heute viel kleiner vor als sonst, seine Haare wirkten stumpf, die Hände zitterten, er schwitzte und im Gesicht war er aschfahl.

„Ich höre einfach auf mit diesem Scheiß, ist ja wirklich ein Teufelszeug!"

„Gut, dass du das endlich einsiehst, aber kannst du das denn, so einfach aufhören?"

Jetzt war er wieder ganz der „Alte"!

Er sprang vom Bett hoch, plusterte sich vor ihr auf, umarmte sie und flüsterte ihr ins Ohr: „Wenn meine Liebste mir dabei hilft und vor allem wieder einmal lieb zu mir ist?"

Sie versuchte sich aus der Umarmung zu lösen und ihn so weit wie möglich von ihr wegzuspreizen, aber natürlich war er viel stärker.

„Du bist süß, wenn du zappelst! Mein Püppchen wird regelrecht zornig."

„Lass mich los oder ich schreie!"

So energisch kannte er Eva gar nicht. Übrigens war Eva selbst erstaunt, wie scharf ihre Stimme jetzt geklungen hatte, und es wirkte. Er ließ sie zögernd los und schaute sie erstaunt an.

„Ich möchte einen konkreten Vorschlag hören, denn von leeren Versprechungen halte ich gar nichts und die interessieren mich auch nicht."

„Ganz einfach – ich vergesse das Zeug und beginne wieder zu sporteln, das lenkt ab und gibt Kraft."

„Das klingt nicht schlecht, du weißt ja, wie du bei mir dran bist, wenn ich dich high sehe, düse ich einfach ab ..."

„Okay, okay, aber jetzt komm schon her, ich habe heute noch gar keinen Begrüßungskuss bekommen."

Eva wollte noch einiges sagen, aber als sie zum Reden ansetzte, erstickte er ihre Worte mit seinem Mund, bis ihr Widerstand immer geringer wurde. Insgeheim fühlte sie sich wieder einmal überrumpelt, aber das wollte sie selbst nicht wahrhaben. Immer wieder schaffte er es, sie einfach zum Schweigen zu bringen, was sonst eigentlich überhaupt nicht ihre Art war, sich derart abwürgen zu lassen.

Mischa und Christoph kamen und zwinkerten ihr zu, sie freuten sich offensichtlich über die Versöhnung. Egal, sie musste jetzt sowieso nachhause.

Stefan rief am Abend noch an und fragte, ob sie ihm nicht einiges in Englisch erklären könnte. Am nächsten Tag wollten sie gemeinsam lernen. Das Aufregendste daran war, dass er sie zu sich nachhause eingeladen hatte und sie daher seine Mama kennen lernen würde, was er ihr wohl erzählt hatte? Sie war natürlich neugierig, mal gespannt, wie er sie vorstellen würde.

Punkt 15 Uhr 30, wie vereinbart, läutete sie am Tor.

Seine Mama war noch in der Arbeit, sein Zimmer war sogar aufgeräumt. Den Staubsauger hatte es bestimmt schon einige Zeit nicht mehr gesehen und lüften könnte er auch öfter, aber sonst war es in Ordnung, sogar abgestaubt. Eva schaute geschwind durch, was er da an Schularbeitenstoff aufgeschrieben hatte. Kein Problem, er war sogar drei Lektionen hinter ihr, also könnte sie ihm alles mühelos erklären. Die Grammatik war nicht schwer zu verstehen und nach ein paar Übungen hatte er es.

Eva redete und redete und erst nach einer gewissen Zeit bemerkte sie, dass er ihr nicht mehr zuhörte.

„Hey, was soll das, ich rede mir den Mund fusselig und du träumst durch die Gegend!"

Er grinste: „Ich träume nicht, ich sehe dich nur an …"

„Jetzt konzentrier dich, sonst verstehst du es nie."

„Will ich ja auch nicht."

„Jetzt mach aber mal halb lang, wenn du nicht gleich ernst bist, gehe ich, dann kannst du sehen, wie du weiterkommst, immerhin solltest du es morgen bei der Schularbeit beherrschen!"

„Dass ihr Frauen immer gleich so streng sein müsst."

In diesem Augenblick klopfte es und seine Mama schaute herein.

„Ja, sehr löblich, mein Sohn lernt." Und zu Eva: „Das finde ich ganz nett, dass du diesem Faulpelz da auf die Sprünge helfen willst, weißt du überhaupt, worauf du dich eingelassen hast?"

„Mama, jetzt mach mich nicht so runter! Übrigens, das ist Eva – Eva, meine Mama."

„Sehr nett, freut mich."

Sie reichte Eva die Hand.

„Wollt ihr was trinken?"

Beide nickten.

„Geht schon klar, ich bringe euch was." Und weg war sie.

„Die ist aber freundlich, hat gar nichts gemeint, meine Mutter macht jedes Mal ein ‚Trara', wenn ich jemanden mitbringen möchte und ohne zu fragen darf ich das gar nicht."

„Och, sie ist eigentlich ganz okay, dafür ist mein Opa umso schrecklicher, der kann vielleicht nerven, pensionierter Volksschuldirektor, mehr muss ich dir gar nicht sagen ..."

„Und dein Vater?"

„Ach, das ist eine eigene Geschichte. Meine Eltern sind geschieden, ich sehe ihn nicht sehr oft, ich rede auch nicht gerne drüber, aber vielleicht erzähle ich es dir einmal, nur jetzt würde das zu lange dauern ..."

Seine Mutter klopfte wieder und brachte ein Tablett mit Kuchen und Getränken.

„Mm, danke, sehr nett!"

Beide stürzten sich regelrecht drauf und wollten partout dasselbe Stück. Da mussten sie herzhaft lachen und endlich war die Spannung zwischen ihnen ein wenig gelöster. Sie lernten nach der Jause noch ein wenig und kamen auch gut voran. Aber das beste folgte danach.

Stefan legte eine total romantische CD ein, zwinkerte ihr zu und versperrte seine Tür.

Sanft zog er sie zum Bett. Lange sah er sie nur an, legte seinen Zeigefinger auf ihren Mund, er hatte sicher gemerkt, dass sie etwas sagen wollte, ganz sanft küsste er ihre Augen, Nase, Mund ... Zärtlich schob er ihren Pulli hoch und fuhr über ihre Brüste. Eva kribbelte es unheimlich im Unterbauch. Eine Weile ließ sie es geschehen, bis auch sie seinen Rücken streichelte. Es war unbeschreiblich!

Da klopfte es und die Türschnalle wurde runtergedrückt: „Ich muss noch mal weg, bin aber spätestens um 20 Uhr wieder da", erklärte seine Mutter.

„Okay, bis später."

Stefan wollte fortfahren, aber Eva war jetzt zu erschrocken. Total steif und reglos lag sie da und lauschte gespannt nach draußen. Die Schritte hatten sich eindeutig von der Tür wegbewegt.

„Jetzt hat sie gemerkt, dass deine Tür versperrt war!"

„Natürlich, aber das macht nichts, ich habe ihr ja erzählt, dass du nicht nur zum Lernen kommst."

„Was?" Beinahe wäre sie aufgesprungen. Unverschämt grinste Stefan sie an, er amüsierte sich offensichtlich.

„Ich habe ihr erklärt, dass du mein Girl bist, außerdem hat sie mir schon vor einiger Zeit auf den Kopf zugesagt, dass ich verliebt sei, aber da habe ich natürlich noch nichts zugegeben!"

Er hatte noch nicht zu Ende gesprochen, schon stürzte sich Eva auf ihn.

„Du Schuft, gestehe! Sag mir sofort, dass ich die Einzige und die Wichtigste in deinem Leben bin!"

Vor lauter Lachen konnte er sich nicht richtig wehren, sie kam auf seinem Bauch zum Sitzen und schaffte es seine Arme auf das Bett zu drücken. Sie umklammerte seine Handgelenke mit aller Kraft.

„Und so ein erpresstes Geständnis ist dir was wert? Na gut, dann ...!", antwortete er total lässig, so als redeten sie belanglos übers Wetter.

Wieder war sie geschlagen und ließ ihn los.

„Ich muss so oder so nachhause", hörte man ziemlich kleinlaut.

„Sag nicht, dass du beleidigt bist, ich hasse Frauen die ständig zickig sind."

Auch das saß.

„Nein, natürlich nicht, war ja nur Spaß. Bis morgen."

Sie richtete ihren Pulli und zog betont langsam ihre Schuhe wieder an, er machte keine Anstalten sich zu erheben.

„Also tschüss!", und schon war sie draußen. Ziemlich nachdenklich strampelte sie nachhause. Es nieselte ein wenig, was zu ihrer Stimmung passte. Einerseits war es total schön gewesen heute und irgendwie hätte sie auch noch gerne ein wenig weitergeforscht. Sie hatte so nah an ihn geschmiegt seine Erregung ganz genau gespürt, wie es sich wohl anfühlte...? Ach, das Leben war spannend! Sie freute sich auf morgen. Andrerseits stand das Schnüffeln trotzdem zwischen ihnen, obwohl sie hoffte ...

21.

Was willst du überhaupt?

„Wo warst du? Mir erzählst du, du würdest mit Melitta im Fahrschülerhort sitzen und lernen und dann ruft Melitta bei uns an, um mit dir zu sprechen! Das geht doch nicht mit rechten Dingen zu!"

Oje, sie hatte wieder einmal vergessen Melitta genaue Anrufzeiten zu sagen!

Ihre Mutter kochte vor Wut! Jetzt war guter Rat teuer! Sie entschloss sich blitzschnell für die Wahrheit.

„Du hast vollkommen Recht, aber ich wollte dir nicht sagen, das ich mit einem Jungen lerne, sonst denkst du wieder alles Mögliche!"

Ihre Mutter starrte sie an und suchte in Evas Gesicht offensichtlich nach der Wahrheit.

„Das will ich diesmal aber ganz genau wissen!"

„Aber bitte gerne! Er heißt Stefan und wohnt in der Dammgasse, du kennst seine Mutter, sie arbeitet beim Supermarkt. Sie hat mir sogar Kuchen und Saft aufgewartet und war heilfroh, dass irgendjemand ihrem Sohn in Englisch hilft! Sie nennt ihn selbst einen Faulpelz, aber er hat sich dann doch bemüht und ich denke, er wird die Schularbeit schaffen."

Ihre Mutter überlegte kurz.

„Okay, aber in Zukunft sagst du bitte ehrlich, wo du bist! Es kommt ja doch früher oder später ans Tageslicht."

Womit sie leider nur zu Recht hatte! Wie oft hatte sie diese leidliche Erfahrung schon machen müssen. Es war ihr immer wieder unverständlich wie viele Erwachsene, die sie ihres

Glaubens nach noch nie in ihrem Leben gesehen hatte, sie kannten. Egal wo, man begegnete ihnen überall! Wenn sie wenigstens so fair wären und sie fragten: „Bist du nicht die Tochter von …", dann wäre sie wenigstens vorgewarnt. Aber noch viel schlimmer empfand sie die, die nichts sagten, vielleicht sogar noch kumpelhaft taten und dafür beim nächsten Treffen alles brühwarm, oft sogar schadenfroh, erzählten. Von wegen Jungs, rauchen, Alkohol und so weiter! Ihre Eltern glaubten natürlich alles, abstreiten nützte da gar nichts und zuhause gab es dann jedes mal ein „Donnerwetter" sondergleichen.

Schnell verzog sich Eva in ihr Zimmer. Erschöpft setzte sie sich am Boden hin und lehnte sich innen gegen die Tür. Das war gerade noch einmal gut gegangen! Warum war das Leben einer Vierzehnjährigen so kompliziert, diese ständigen Ausreden, sprich (Not-!) Lügen! Warum war es nicht möglich einfach die Wahrheit zu sagen? Was tat sie denn schon so großartig Verbotenes? Okay, sie rauchte fallweise und manchmal trank sie ein paar Schlückchen, aber eigentlich war sie noch nie richtig besoffen gewesen. Wenn sie da an ihren Vater dachte, der erwischte schon dann und wann um einiges zu viel! Aber das regte niemanden ernstlich auf! Im Gegenteil, man amüsierte sich am nächsten Tag darüber.

Diese komplizierte Erwachsenenwelt: Die Jugendlichen sollten sich möglichst fehlerlos benehmen und jede „Klitzekleinigkeit" wurde ihnen angekreidet, aber ihnen selbst war alles erlaubt, sie durften trinken und rauchen, egal wie viel! Ganz klar, da war ja niemand, der mit ihnen schimpfte!! Hoffentlich wurde sie nie so!

Und jetzt war sie verliebt, wollte erste Erfahrungen sammeln, na und? Sie durfte gar nicht an die Reaktionen ihrer Eltern denken! Das ergäbe wieder ein endloses „Gelaber".

Eigentlich waren sie doch selbst Schuld, wenn sie nicht tolerant genug sein konnten, dass dann nichts übrig blieb außer: Lügen, Lügen, Lügen!

Wenn es wenigstens nicht derart viele Nerven kostete! Eva musste in dieser Hinsicht einfach cooler werden. Sie wollten es doch nicht anders, wenn sie die Wahrheit nicht aushielten, mussten sie aus verschonenden, lebenserleichternden Gründen eben angelogen werden, nicht wahr? Denn Kopf würden sie ihr schon nicht runterreißen und was einen nicht kaputt macht, macht einen nur härter, oder? Hoffentlich verhängten sie ihr beim nächsten Mal nicht wieder einen Hausarrest, das war wahrlich am schwersten zu ertragen! Fernsehverbot war ihr egal. Diese Grübelei nützte doch nichts. Für Eva war jetzt alles klarer. Sie hoffte nur, die nächsten Jahre halbwegs gut zu überstehen. Sie sah es bei ihrer Schwester, wenn man erst achtzehn oder neunzehn war, wurde das Leben wesentlich einfacher, zumindest was die Bevormundung durch die Eltern anbelangte!

In den nächsten Tagen war ihre Mutter sehr wachsam und wollte immer alles ganz genau wissen, also versuchte Eva etwas mehr daheim zu bleiben. Nicht dass sie einmal auf die Idee käme ihr nachzuspionieren, das hätte gerade noch gefehlt!

Stefan rief an und erklärte freudestrahlend, dass es ihm bei der Englischschularbeit recht gut gegangen war. Außerdem wollte er gerade wieder laufen, aber leider plagten ihn seit in der Früh schreckliche Halsschmerzen.

Oh schade, denn wenn er liefe, dann schnüffelte er sicher nicht!

Er würde sich also ins Bett legen und brav Geschichte lernen, es stand ein Test ins Haus. Für morgen schaute es auch schlecht aus. Er müsse mit seiner Mutter mitfahren, um irgendwo ein Grab zu richten.

Eva war das ganz recht. Ihre Mutter würde, wie Eva sie einschätzte, sich bald wieder beruhigen und dann lief alles wie gehabt. Also war es nicht schlecht, wenn Stefan heute und morgen keine Zeit hatte und sie brav zuhause blieb! Es war zwar langweilig, aber egal!

Wenigstens hatte sie Zeit zum Träumen und einige Hausaufgaben warteten auch geduldig auf Erledigung.

Eigentlich war es toll, wenn sie bei Stefan daheim ohne Schwierigkeiten erscheinen konnte. In seinem Zimmer war es urgemütlich und wenn seine Mutter nicht da war, würde sie niemand so leicht stören. In der Hütte könnte ständig jemand kommen. Da musste man immer ein Ohr bei der Tür haben, das machte sie nervös, das lenkte unheimlich ab und sie konnte seine Streicheleinheiten gar nicht richtig genießen!

Vielleicht könnte sie ihn im Sommer auch ihren Eltern vorstellen? Natürlich nur im „Sammelpack" mit einigen aus der Clique, ohne nähere Angaben, einfach so, vielleicht vor einer Radtour. Stefan allein, das war zu riskant, da würden sie bestimmt auf dumme Gedanken kommen. Fein wäre, wenn noch zumindest ein weiteres Mädchen mit von der Partie wäre, vielleicht Lilo. Wo die bloß immer steckte? Eva wollte das demnächst auskundschaften, sie hätte sich gerne mit ihr angefreundet. Ob Stefan ihrer Mutter gefiele? Schade, dass sie ihre Mutter nicht einfach fragen konnte, irgendwie legte sie doch Wert auf ihre Meinung, aber leider.

Warum gab es hier in der Nähe keine nette Freundin? Manchmal ging ihr das furchtbar ab. Erst jetzt fing sie an nachzudenken, wie lange sie schon nicht mehr in der Hütte gewesen war. Melitta war auch so weit weg und noch dazu auf dem Berg, das war mit dem Rad einfach nicht zu schaffen und wenn, dann brauchte man mindestens ein paar Stunden Zeit, denn sonst lohnte sich der Aufwand einfach nicht! Und ständig zu telefonieren konnte sich halt auch keiner leisten!

Ihre Tante mit Anhang war im Anmarsch, vorbei mit der Ruhe! Mit ihrer älteren Kusine könnte sie sich unterhalten, aber die war nicht dabei, denn sie arbeitete schon, jetzt sah sie Eva eher selten. Abends durfte sie länger weg und traf sich natürlich nicht mehr mit Eva.

Wenigstens verging die Zeit so recht flott, Eva beschäftigte sich gerne auch mit Jüngeren, so lange sie nicht nervten, aber ihre kleine Kusine war recht lebendig und besonders hier im Hof wollte sie ständig zum Brunnen. Das Wasserschaff da interessierte sie brennend. Eva musste sie ständig wegholen und schimpfen, denn wenn man nicht aufpasste war sie binnen Minuten klatschnass, außerdem war es doch recht frisch und man bekam ganz raue Hände. Sie wollte ein wenig auf die Wiese runterspazieren, vielleicht fanden sie ein paar leere Schneckenhäuser, dann war sie wieder für eine Weile beschäftigt.

Na, wer sagt's denn, da waren doch glatt ein paar Jungs beim Erdäpfelbraten. Den einen kannte Eva schon, seit sie denken konnte. Früher hatte sie fast täglich mit ihm gespielt, aber jetzt war er ihr einfach zu kindlich, obwohl er nur zwei Monate jünger war als sie selbst und wirklich nett, aber sie hatte einfach schon andere Interessen. Die beiden anderen wohnten ein paar Häuser weiter, waren Brüder und stammten aus einer recht „lustigen" Familie. Eva mochte sie nicht besonders, aber im Moment war das egal, Hauptsache die Zeit verging rasch. Mit lautem Hallo wurde sie begrüßt. Fasziniert schaute die Kleine ins Lagerfeuer. Sie hatten doch glatt zwei Kartoffeln übrig. Genüsslich wurden diese verspeist und nebenbei ein wenig getratscht. Eva versprach morgen wiederzukommen, aber jetzt müsste sie mit der Kleinen heim, sonst machte sich ihre Mutter bestimmt Sorgen.

Hoffentlich war bald übermorgen.

Am nächsten Tag war ihre Mutter am Nachmittag nicht zuhause, welch ein Segen! Also konnte auch Eva ein wenig abhauen. Nichts wie zur Hütte, nur schnell mal schauen wer da war.

Man hörte gedämpfte Musik, Techno, eigentlich hörte das vorwiegend nur Stefan. Sie öffnete und da lag er!

„Hey, bist du nicht …? Ich dachte, du müsstest …!"

Sie war zu ihm hingestürzt und rüttelte ihn. Es stank erbärmlich hier drinnen, die Luft war zum Schneiden. Natürlich hatte er wieder ... und zeigte kaum Reaktion. Ganz langsam öffnete er seine Augen, aber sogleich fielen sie ihm wieder zu. Immer wieder versuchte er sie zu öffnen, aber er besaß keine Macht über seine Augenlider, sie waren zu schwer. Entsetzt setzte sie sich hin! Ellenbogen auf den Knien und mit den Händen den Kopf abgestützt. Sie verstand das alles nicht! Schon wieder hatte er sie angelogen, oder war einfach etwas dazwischen gekommen ... Warum war er nicht mit seiner Mutter ... Er hatte doch versprochen nicht mehr zu schnüffeln! Und jetzt schon wieder?

Langsam rappelte Stefan sich hinter ihr hoch, ein paar Mal fiel er wieder zurück, bis er endgültig aufrecht saß.

„Was, ... was ... tust du denn hier?"

„Und du? Aber du hast da vollkommen Recht, eigentlich gar nichts, ich bin ja auch bereits beim Gehen!" Sie ging nach draußen und knallte die Tür zu. Wie gelähmt setzte sie sich noch vorne auf die Veranda und rauchte hastig eine. Er folgte ihr nicht, konnte er bestimmt auch gar nicht, so wie er ausgesehen hatte ... Wahrscheinlich wusste er gar nicht mehr, dass sie überhaupt da war!

Warum musste sie auch hierherkommen? Konnte sie nicht zuhause bleiben, dann hätte sie nichts gesehen? Blödsinn, als ob das etwas änderte!

Mischa, ob Mischa das wusste? Sie musste unbedingt bei ihm vorbeischauen. Pech, keiner da.

Also doch nachhause. Nachdenken. Was sollte sie tun? Sie fand keine Lösung, es gab keine Lösung! Alles, was sie durchdachte, endete sicher mit Streit! Stefan hätte kein Verständnis, wenn sie einfach seine Mutter einweihte, oder zu einer Drogenberatungsstelle ginge. Das würde er ihr sicher nie verzeihen und somit bedeutete es das Ende ihrer Beziehung! Und das war das Allerletzte, was sie wollte! Aber wie konnte sie ihm allein helfen? Vielleicht, wenn sie sich wirklich ganz intensiv um ihn kümmerte? Wahrscheinlich hatte er wieder Sorgen. Er musste unbedingt lernen über seine Probleme zu reden, nicht ständig alles mit „Coolness" zu überspielen! Verdammt noch mal, es musste doch einen Weg geben! Mischa würde bestimmt auch helfen. Sie wollte überhaupt mit allen reden, in der Hütte durfte keiner mehr schnüffeln! Aus, basta! Es war einfach zu gefährlich! Außerdem musste heute noch unbedingt einer nach ihm sehen, sie konnte später nicht mehr weg.

Und wenn sie in nächster Zeit ganz besonders lieb zu ihm wäre ... Alle Männer standen doch drauf, das wusste man doch. Es war ja kein Opfer, sie wollte es ja auch, vielleicht nicht so schnell ... aber ...

Jetzt erst einmal abwarten.

So schlimm war es auch wieder nicht, sie musste sich keine ernsten Sorgen machen. Er hatte ja reagiert, wahrscheinlich würde er noch ein bisschen schlafen und dann gemütlich heimspazieren. Sie brauchte also keinen Alarm zu schlagen, er kam bestimmt zurecht, oder?

Mischa erreichte sie auch am Abend nicht. Er hatte sein Handy abgeschalten. Auch gut.

Schicksal, sollte eben nicht sein, oder? Christoph? Konnte sie mit ihm reden, nein, das war ihr zu riskant, wer weiß, ob er dichthielt und was da dann wieder rauskam?

Trotzdem fand sie keine Ruhe. Sie rief kurz vor zwanzig Uhr bei Stefan daheim an, doch als seine Mutter abhob, legte sie auf. Feigling! Natürlich hob seine Mutter ab, was dachte sie denn? Hätte sich halt schon vorher etwas zurechtlegen sollen! Also wartete sie genau zwanzig Minuten, dann hielt sie es nicht mehr aus und rief abermals an.

„Hallo, hier spricht Eva, ist Stefan da, auf seinem Handy meldet sich nur die Sprachbox, könnte ich ihn bitte sprechen?"

Seine Mutter bat sie ganz freundlich ein wenig zu warten und ging weg, offensichtlich wollte sie ihn holen, es dauerte ein Weilchen, bis sie sich wieder meldete.

„Es tut mir Leid, aber er schläft, ich möchte ihn nicht wecken, anscheinend fühlt er sich nicht wohl! Vielleicht probierst du es morgen noch mal."

Er war also zuhause, ob er das allein geschafft hatte? Wie lange wirkte dieses blöde Zeug eigentlich? Minuten? Stunden?

Na gut, dann konnte sie ja beruhigt sein, er würde bis morgen wenigstens ausgeschlafen sein! Aber dass seine Mutter da nichts merkte! Wahrscheinlich war sie nur an der Tür und ging nicht ganz zu ihm hin, sonst hätte sie diesen komischen Atem riechen müssen. Aber eigentlich wunderte sie sich nicht. Erwachsene waren oft „blind", wenn es um ihre eigenen Kinder ging.

Vielleicht sah sie ihn morgen in der Schule im Pausenhof. Sie musste jetzt auch ins Bett und Chemie lernen. Morgen würden die Formeln wieder abgefragt und der Lehrer war ziemlich streng und Formeln sein absolutes Hobby.

Am nächsten Tag regnete es in Strömen, also fiel die Hofpause buchstäblich ins Wasser! Auch am Nachmittag wollte es nicht aufhören. Das hieß auch für sie zuhause bleiben, sie wollte nicht schon wieder lügen. Sie konnte also nur abwarten. Er rief nicht an. So ein Schuft! Oder hatte er ein zu großes schlechtes Gewissen? Furchtbar, immer diese Ungewissheit! Wenigstens hatte Eva heute Gelegenheit gehabt mit Melitta zu reden. Sie war auch entsetzt und Rat wusste sie ebenso wenig! Abwarten, hatte sie gemeint. Als wenn das so einfach wäre, nur herumzusitzen und tatenlos zuzusehen und ob das überhaupt richtig war, wäre es nicht besser Alarm zu schlagen?! Sie grübelte und grübelte vor ihren Schulheften sitzend! Tarnung, das war einfach die beste Tarnung, man konnte so in Ruhe nachdenken und warf die Mutter doch einen Blick zur

Tür herein, gab es nur lobende Worte für die brave Tochter. Wo die Gedanken waren, konnte ja niemand kontrollieren. Manchmal hatte sie auch ein Buch unter den Heften versteckt und las heimlich, was macht man nicht alles, damit man tun kann, was man will.

Am Abend hörte der Regen endlich auf und sie radelte zur Hütte, aber da war niemand.

Nach einiger Überwindung läutete sie bei ihm zuhause. Der Opa öffnete und fragte sie ziemlich grantig, was sie wolle. Nein, sonst sei niemand zuhause! Er wollte ihr offensichtlich auch keine näheren Angaben über die Aufenthaltsorte der restlichen Familie geben, also gab sie auf. Kurzentschlossen radelte sie nachhause und wollte sich wieder „lernend" in ihr Zimmer verziehen. Sie hielt ihr Handy in der Hand und überlegte fieberhaft. Sollte sie oder lieber doch nicht? Wenn er unterwegs war, konnte es ihm doch nicht so schlecht gehen oder?

Nein, auf keinen Fall, sie würde ihm nicht nachlaufen, dann könnte er sich ja alles erlauben! Schließlich war er es, der Mist gebaut hatte, also sollte auch er den ersten Schritt zur Versöhnung machen! Aber zerstritten waren sie doch nicht! Womöglich wusste er gar nicht, dass sie ihn so gesehen hatte. Und was, wenn er doch nicht konnte, wenn er schon zu tief drin war?

Wenn er allein gar nicht aufhören konnte, wenn er einfach Hilfe brauchte? Sie stürmte über die Treppe rauf, immer zwei Stufen auf einmal. Ihre Mutter öffnete die Tür und:

„Eva, gut, dass du kommst, es hat gerade jemand für dich angerufen. Es war der Junge, dem du in Englisch geholfen hast. Er meinte, er sei dir noch etwas schuldig, denn immerhin hat er ein ‚Gut' geschafft. Du sollst dich möglichst bald bei ihm melden. Er faselte etwas von einem Eis spendieren, klang ganz nach einer Einladung." Sie grinste zufrieden. Wenn sie wüsste ...

„Oh, danke, das freut mich. Ich werde ihn später anrufen, jetzt habe ich noch etwas zu erledigen."

Und Eva verschwand in ihrem Zimmer. Sie wollte jetzt ungestört nachdenken. Sie musste sich erst etwas zurechtlegen. Außerdem sollte Mama ja nicht mitbekommen, wie wichtig ihr dieser Anruf war. Was wollte sie zu ihm sagen? Natürlich freute sie sich und war auch unheimlich erleichtert, dass er sich endlich gemeldet hatte, aber warum hatte er am Festnetz und nicht am Handy angerufen? Wollte er ihr gleich eine Ausrede liefern? Eigentlich ganz schön clever.

Eine halbe Stunde später war sie so weit, ihre Mutter war im Garten und konnte so nicht mithören.

„Hallo, ich bin's. Freut mich, dein ‚Gut' in Englisch, hat also doch genützt unsere Lernerei."

Er bedankte sich freundlich und sie: „Aber gut bist du offensichtlich nur in Englisch, denn deine Selbstdisziplin lässt zu wünschen übrig. Ich bin sehr enttäuscht! Gestern hattest du wohl einen ganz tollen Tag, ziemlich armselig dein Zustand, oder! Sag, was willst du überhaupt? Hatten wir nicht eine Abmachung?"

22.

Immer wieder dasselbe!

Jetzt war er perplex. Er hatte tatsächlich nicht mitbekommen, dass sie ihn gestern in diesem Zustand gesehen hatte.

„Weißt du, so kann und will ich nicht! Entweder du versuchst es jetzt ernsthaft oder es ist aus! … Natürlich helfe ich dir, wo ich kann, aber vielleicht brauchst du auch professionelle Hilfe …!"

Weiter kam sie nicht.

„Bah, ich bin doch nicht abhängig von dem Zeug, ich mach das, weil es mir Spaß macht!"

„Dann aber bitte ohne mich, denn ich kann da beim besten Willen keinen Spaß erkennen und ich habe keine Lust dich wieder so anzutreffen! Außerdem siehst du immer erbärmlicher aus. Du bist aschfahl im Gesicht und sämtliche Hosen hängen nur so auf dir drauf … Überlege dir, was du überhaupt willst, oder was dir wichtiger ist und lass es mich dann wissen. Tschüss!"

„Das ist reine Erpressung …", hörte sie ihn noch sagen, dann hatte sie aufgelegt. Mal sehen, was weiter passieren würde, aber sie hatte sich entschieden. Endlich hatte sie es einmal geschafft ihm ihre Meinung zu sagen, ohne dass sie seinem Scharm erlag. Am Telefon war das eindeutig leichter. Die letzten Tage hatten gereicht, so gern sie ihn auch hatte, dieses Theater musste aufhören!

Und wie sagte ihre Schwester immer: Andere Mütter haben auch schöne Söhne!

Die nächsten Tage waren trotzdem zermürbend. Er meldete sich einfach nicht! Sie natürlich erst recht nicht! Sollte er nur „braten". Sie fuhr zwar in die Stadt, nahm jedoch immer den Weg über die Bundesstraße, so kam er ihr sicher nicht in die Quere. Einmal traf sie Christoph und er fragte was los sei, warum sie nie mehr in die Hütte käme … Sie maulte etwas von Schulstress und letzten wichtigen Schularbeiten, aber er durchschaute sie und sagte trocken: „Ihr seid beide ziemlich stur was? Er ist auch kaum auszuhalten vor lauter Grant![20]" Eva murmelte: „Da kann man halt nichts machen." Und suchte das Weite.

Es war wirklich nicht einfach. Inzwischen hatte sie einmal mit Masche telefoniert, aber dem war nichts Besonders aufgefallen. Allerdings war er selten in der Hütte gewesen, da er auch unter Schulschlussstress litt. Mittlerweile war es schon fast drei Wochen her, dass sie mit ihm telefoniert hatte und keiner von beiden machte Anstalten den ersten Schritt zu tun. Selbst in der Schule mied sie auch bei herrlichstem Wetter den Schulhof. Sie blieb einfach beim Schulwart und kaufte mittlerweile selbst für unsympathische Mitschüler die Schuljause, nur um ja nicht rauszumüssen. Nach der Schule wartete sie auch nicht mehr bei der Bushaltestelle auf ihren Bus, sondern verzog sich in den Schülerhort, weil sie wusste, dass sie Stefan da bestimmt nicht antreffen würde. Er hatte ihr ja erzählt, dass er die Betreuerin dort nicht ausstehen könne. Sie ging ihm aus dem Weg, trotzdem musste sie ständig an ihn denken und sie fürchtete schon, dies würde sich nie ändern. Melitta versuchte oft sie abzulenken und wollte ihr alle möglichen Jungs „näher" bringen, aber Eva interessierte sich für keinen. Es hatte sie einfach voll erwischt.

In der vorvorletzten Schulwoche stand Stefan eines Tages gleich am Anfang der großen Pause im Gang plötzlich vor ihr und gab ihr wortlos ein kleines Briefchen. Sie hatte die letzten Hofpausen tunlichst vermieden und je nach Gangaufsicht immer unten vorm Verkaufsbuffet, in der Garderobe oder im WC verbracht. Sie wollte ja jeder Begegnung ausweichen. Jetzt stand sie verdattert da und hielt den Brief, als ob er giftig wäre, ziemlich weit weg von sich! Er hatte sie einfach überrumpelt.

„Na, man entkommt seinem Schicksal ja doch nicht!", lachte Melitta und, „er sieht immer noch umwerfend aus!"

„Toll, das hilft mir natürlich sehr viel weiter!" Sie wandte sich um, verschwand in der Klasse und steckte den Brief ungelesen in ihre Schultasche. Den wollte sie allein in aller Ruhe zuhause in ihrem Zimmer lesen, obwohl sie sehr neugierig war, was er ihr zu sagen hatte.

Auch zuhause ließ sie sich Zeit, bestimmt, weil sie so immer noch auf einen positiven Inhalt hoffen konnte. Schließlich:

„Hallo Eva!
Es tut mir Leid! War mein Fehler!"
Gut dass du es einsiehst!
„Wir sind zwei Kindsköpfe! Dabei haben wir uns doch lieb, lass uns wieder Frieden schließen, dann geht es uns beiden besser!
Dein Stefan

P.S. Komm heute um 15 Uhr 30 in die Hütte, dann reden wir über alles!"

Er hatte sogar ein paar geflügelte Herzchen daneben hingemalt – süß! Einen Moment lang genoss sie es, aber dann ...

So einfach, er stellte sich das immer so einfach vor! Man lässt sie (die Freundin) am besten ein bisschen in Ruhe, sozusagen „ausspinnen" und das war es dann. Man setzt einen Dackelblick auf, bittet um Vergebung und das war es ... bis zum nächsten Mal! Wahrscheinlich würde sie sich früher

oder später daran gewöhnen und es nicht mehr so ernst nehmen!
Da hatte er sich getäuscht! Mit ihr nicht!
Am liebsten würde sie ihn heute vergeblich warten lassen. Eine gute halbe Stunde hatte sie noch Zeit, sie konnte noch überlegen.
Was gab es da zu überlegen? Sie würde auch nur ein paar Zeilen formulieren. Sofort setzte sie sich hin, erwischte einen Bleistift und eine alte Heftseite, Briefpapier war ihr zu schade und los ging es!

„Ebenso Hallo!
So einfach, wie du dir das vorstellst, läuft das nicht! Ich bin doch kein Radio, bei dem man die Gefühle auf- und abdrehen kann, je nach Bedarf! Du hast ein Problem, welches unserer Beziehung ernsthaft im Wege steht, also liegt es an dir das zu lösen! Reden allein ist zu wenig!
Deine Eva

P.S. Triff eine Entscheidung und ich helfe dir gerne!"

Sie dachte nicht im Geringsten daran den Brief zu verschönern, eine übrige Heftseite und ein schäbiges altes Kuvert, er sollte nur ein wenig zappeln!.
So, viel Zeit war nicht mehr. Nein, sie würde ihn ein wenig schmoren lassen, das war das Wenigste! Zufrieden legte sie sich mit ihrem Diskman auf das Bett und döste ein bisschen, als sie die Augen wieder aufschlug, war es bereits 16 Uhr 35. Flott auf und nichts wie weg.
Ganz sachte schlich sie sich zur Hütte. Man hörte nur gedämpfte Musik. Wahrscheinlich war er alleine da. Die Sprossen knarrten. Ganz vorsichtig, am Boden hingeduckt schleichend, legte sie den Brief, natürlich mit Umschlag, zugeklebt und seinem Namen drauf, vor die Türe, drehte sich

sofort um und war schon wieder auf der vierten Sprosse nach unten, als Türe aufging.

„Da bist du ja endlich! Ich dachte schon, du willst mich versetzen. Aber du hast ja Recht, wahrscheinlich habe ich es gar nicht anders verdient. Danke, dass du trotzdem gekommen bist. Ich brauche dich!"

Er streckte ihr seine Hand entgegen. Das klang alles so ehrlich, so nach Reue. Evas Herz schmolz dahin. Er hatte den Brief noch nicht entdeckt, obwohl er direkt vor seinen Füßen lag.

„Komm, ich zeige dir etwas."

Kurz zögerte sie, doch dann folgte sie ihm in die Hütte.

„Da, schau."

Er hatte doch tatsächlich einen Strauß Wiesenblumen für sie gepflückt und sie in einem leeren Essiggurkenglas eingefrischt. Daneben stand ein kleines Windlicht in einem bunten Glas.

„Man glaubt es kaum, aber auch ich kann romantisch sein. Da habe ich noch etwas." Er zeigte auf ein selbstgebasteltes Schild mit der Aufschrift: Bitte nicht stören! „Das bringen wir dann unten an und wir haben unsere Ruhe."

„Und du glaubst wirklich, dass sich alle daran halten?"

„Ich habe das mit den anderen bereits besprochen, sie wollen nur noch eine Zeitangabe dazu, damit sie, wenn sie das Schild sehen, auch wissen, wann sie wieder erwünscht sind."

Er zog sie an sich und wollte sie umarmen.

„Bitte hör auf, es steht noch so vieles zwischen uns! Wir müssen unbedingt darüber reden! Außerdem, warum treffen wir uns nicht einfach bei dir …, dann bleibt den anderen die Hütte und wenn wir Gesellschaft wollen, kommen wir auch hierher?"

Er ließ sie los und wirkte sehr bedrückt.

„Unmöglich – mein Opa hat gerade eine unausstehliche Phase! Du hast keine Ahnung, wie der sich aufführen kann."

„Doch, ich habe ihn schon kennen gelernt." Sie erzählte ihm von der letzten Begegnung mit ihm und seiner unfreundlichen Art.

„Na, siehst du und dabei bist du noch fremd, uns gegenüber ist er noch ärger. Wenn er ganz schlecht drauf ist, kommt er einfach rauf zu uns und lamentiert uns die Ohren voll. Selbst wenn meine Mama oft nicht da ist, dann kommt er einfach in mein Zimmer und ich kann ihn mir anhören, er geht auch nicht, nicht einmal, wenn ich ihn darum bitte. Selbst wenn ich vor Hausaufgaben sitze, lässt er mich nicht in Ruhe. Es ist einfach nicht auszuhalten. Und wenn ich zusperre, hämmert er auf die Türe und geht ewig nicht weg. Wenn er erst mitbekommt, dass ich eine Freundin habe, anstatt ordentlich zu lernen … ich darf gar nicht daran denken …"

Wieder umarmte Stefan sie. „Aber das ist mir egal, du bist im Moment das Wichtigste für mich."

Sehr energisch schubste sie ihn weg.

„Freust du dich denn gar nicht mich zu sehen?"

„Doch, aber darum geht es nicht! Jedes Mal überrumpelst du mich und tust so, als wäre da nur eine Kleinigkeit, ein kleiner Fehler, gar nicht der Rede wert und den könnte man vergessen! Ich glaube noch, du schaffst es mir den schwarzen Peter zuzuschieben, vielleicht bin überhaupt ich Schuld. Sei doch endlich einmal ehrlich, auch zu dir selbst!"

Er hatte wieder seinen Dackelblick, aber eine Weile sagte er gar nichts. Sie trat vor die Türe und holte den Brief. Wortlos hielt sie ihm den vor die Nase. Er nahm ihn ein klein wenig zögernd, öffnete den Umschlag und las. Wieder schwieg er eine Weile.

„Wenn du Zeit brauchst, um nachzudenken, habe ich kein Problem damit, nur bitte denke endlich einmal ernsthaft nach und vor allem sei dabei ehrlich. Bis jetzt bedienst du dich nur einer Verdrängungstaktik!"

Sie drückte ihm noch rasch ein freundschaftliches Busserl auf die Wange und wollte gehen. Nichts wie weg! Sie durfte nicht schon wieder nachgeben.

Er packte sie am Arm und sanft zog er sie an sich.

„Sei nicht so hart. Du sagst, du hilfst mir und willst jetzt gehen? Das hilft mir nicht, ich brauche dich. Wenn du gehst, geht es mir schlecht und ich will noch eher schnüffeln!"

Wieder löste sie sich heftig aus seiner Umarmung.

„Ja, dann halte doch einmal, was du versprichst und ich allein bin doch nicht für dein Glück zuständig, du musst schon ein bisschen was selber dazu beitragen, dass es dir gut geht! Du machst immer den Rest der Welt für deinen Gemütszustand verantwortlich. Genauso wenig wie du etwas für das Verhalten deines Opas kannst, ebenso wenig kannst du mich für deine schlechte Laune verantwortlich machen."

Er schaute recht nachdenklich und ziemlich verzagt.

„Ich habe doch gar nichts versprochen!"

„Na wunderbar! Was willst du eigentlich?"

„Alles! Dich und high sein. Du verstehst das nicht, denn du hast es noch nie probiert."

„Habe ich auch gar nicht vor, mir reicht, was ich bei dir sehe!"

„Schön wäre, wenn wir zusammen high sein könnten, das wäre ..."

„Hör endlich auf! Mag sein, dass es ein cooles Gefühl ist, aber merkst du denn nicht, dass dir dann immer Stunden fehlen. Stunden, in denen du nicht klar denken kannst und wo dir ständig speiübel ist. Wirklich toll! Und das um zehn Minuten high zu sein. Der Preis ist ziemlich hoch, findest du nicht? Außerdem fühlst du dich hinterher doch noch elender als vorher, also musst du wieder! Das ist doch ein Teufelskreislauf"

Er wich ihrem zornigen Blick aus.

„Entweder du versuchst aufzuhören und einen andern Kick zu finden oder ich verschwinde! Ist das jetzt klar genug?

Aber egal, andere Mütter haben ja auch schöne Töchter, du kannst dir ja eine suchen. Aber merke dir, sie haben vielleicht auch nette Söhne!"

„Sei nicht so kratzbürstig, aber irgendwie gefällt es mir sogar, du bist eine richtige kleine Wildkatze."

Diesmal riss er sie an sich und versuchte sie zu küssen, anfangs wehrte sie sich, doch dann ...

„Sei still, kleine Wildkatze und genieße, ich habe dich so lieb, ich lasse dich bestimmt nicht gehen, egal wer welche Töchter hat!"

23.

Zwischendurch ein Hoch

Eva war glücklich. Sie schwebte auf Wolke sieben. Die Versöhnung war einfach unbeschreiblich. Er hatte einen Piccolo Sekt hervorgezaubert und mit ihr auf eine gemeinsame Zukunft angestoßen. Unten an der Leiter brachte er das Schild „Bitte nicht stören", erst wieder nach 18 Uhr 30, an. So hatten sie sicherlich ihre Ruhe. Er legte eine Kuschelrock-CD ein und hockte sich zu ihr auf die Couch. Er schmiegte sich ganz eng an sie und eine Weile schwiegen beide. Anschließend beschrieb er bis ins Detail, wie er sich das Leben mit ihr vorstellte: seine Arbeit, ihre Ausbildung, geplante Ausflüge, der erste gemeinsame Urlaub. Er wollte ihr so viel zeigen, ein Auto, eine Wohnung, …

Welches weibliche Wesen hätte da nicht andächtig zugehört? Und so ganz nebenbei streichelte er ihren Rücken. Das machte er wunderbar, man konnte sich dabei herrlich entspannen. Eva hatte das Gefühl, er meinte es ernst und nichts könnte sie jemals trennen. Wie immer verging die Zeit einfach wie im Flug und sie musste leider nachhause. Am liebsten wäre sie einfach bei ihm in der Hütte geblieben und hätte weiter zugehört, aber es dauerte ja nicht mehr lange und schon wären Ferien. Da hatte sie wesentlich länger Ausgang und außerdem wollte Eva es einmal so „trickseln", dass ihre Mutter glaubte, sie schliefe bei Melitta und in Wirklichkeit wollte sie bei Stefan bleiben.

Na, hoffentlich kam da nichts dazwischen! Man plante oft so schön und dann …

Die letzten vierzehn Tage in der Schule zogen sich. Die Noten waren abgeschlossen und man hatte das Gefühl, Lehrer wie Schüler warteten nur darauf, bis endlich Schluss war.

Beim Abschied hatte sie ein weinendes und ein lachendes Auge. Um einige Klassenkameraden tat es ihr Leid, denn es war klar, dass man sich früher oder später aus den Augen verlieren würde, andrerseits freute sie sich auf den neuen Lebensabschnitt. Eigentlich hatte ihre Klasse erst in der vierten so richtig zusammengefunden. Jetzt, wo man am Schluss angelangt war, schafften sie es sogar noch eine gemeinsame Abschiedsfeier zu organisieren, allerdings ohne Lehrer, von denen hatten sie erst einmal genug. Man war sich darüber einig, dass man diese erst in fünfzehn oder zwanzig Jahren wieder sehen wollte. Aber na ja, besser spät als gar nicht. Adressen wurden ausgetauscht, Eva sollte in fünf Jahren das erste Klassentreffen organisieren und der Abschied fiel letztendlich doch allen schwer.

Stefan sollte mit seiner Lehre auch erst am ersten September beginnen, also lagen schöne Ferien vor ihnen. Eigentlich hätte Eva nach Deutschland zu einer Tante fahren sollen, aber sie verzichtete. Es reichte, dass Stefan für eine Woche mit seiner Mutter auf die Turrach musste, aber das war nicht zu ändern, seine Mutter bestand darauf, dass er mitfuhr. Sie wollte Eva sogar mitnehmen, aber leider war das ein Ding der Unmöglichkeit, ihre Eltern hätten das nie erlaubt. Wahrscheinlich kannte seine Mutter ihn zu gut, um Stefan für eine Woche allein zuhause zu lassen! Sicherlich befürchtete sie, er würde eine Megafete veranstalten. Die Jungs versprachen ihn einmal zu besuchen, Masche hatte bereits den Führerschein, aber für Eva kam auch das nicht in Frage, denn da mitzufahren, erlaubten ihre Eltern ihr auch nie, sie hatten überhaupt kein Vertrauen zu den Fahrkünsten anderer Jugendlicher, und um den ganzen Tag in einem durch wegzubleiben, bedurfte es schon einer triftigen Ausrede! Wenn das Wetter passte, könnte sie ja sagen, sie ginge ins Freibad, aber das erschien ihr zu riskant, denn sie hatte keine Lust sich wegen einem Tag die gesamten Ferien zu vermiesen! Immerhin waren ihr ihre Eltern im Moment sehr wohl gesinnt, nur so etwas konnte sich oft schlagartig ändern. Eva hatte die vierte Klasse ja mit lauter „Sehr gut" abgeschlossen, auch der Rest der Verwandtschaft zeigte sich sehr großzügig und verwöhnte Eva mit zusätzlichem „Eis- und Badegeld", total erfreulich.

Egal, die Woche ohne Stefan würde bestimmt irgendwie vergehen. Immerhin gab es das Freibad ganz in der Nähe und der Längsee, ein recht schöner und vor allem sauberer Badesee, war auch nur sechs Kilometer entfernt. Wozu hatte sie ein Bike? Ihre Oberschenkel waren ihrer Einschätzung nach sowieso zu dick, also schadete ein gewisses Training gar nichts.

Aber noch lagen erst einmal zwei gemeinsame Ferienwochen vor ihnen. Es sollte gleich zu Beginn wieder einmal eine ordentliche Fete in der Hütte geben. Die Wettervorhersage war hervorragend, also stand dem nichts im Wege. Die Organisation klappte bestens, wie bei einem eingespieltem Team.

Es wurde die schönste Party überhaupt, bestimmt weil alle guter Dinge waren: Das Schuljahr hatten sie mehr oder weniger positiv abgeschlossen, jetzt begannen die Ferien und es herrschte Traumwetter, ...

Außerdem hatte Mischa ein absolutes „Schnüffelverbot" verhängt! Und seltsamerweise meckerte niemand, die sonst schnüffelten langten beim Alkohol ein bisschen kräftiger zu, aber Mischa behielt alles unter Kontrolle. Keiner fiel irgendwie negativ auf, zumindest bis Eva sich um Mitternacht verabschieden musste. Selten hatte sie so viel gelacht wie an diesem Abend. Einfach toll, wie gut manche Witze erzählen konnten. Auch Lilo war da und Eva unterhielt sich lange mit ihr. Sie hatte jetzt einen neuen Freund, zum Leidwesen der anderen männlichen Cliquenmitglieder, aber der war im Moment auf Urlaub, den hatte er bereits gebucht, als es Lilo noch nicht in seinem Leben gegeben hatte. Trotzdem war Lilo guter Dinge und amüsierte sich bestens. Eva und sie wunderten sich ein bisschen, dass sich von den Häusern in der Nähe niemand über die Lautstärke der Musik beschwert hatte. Zwar war Christoph angeblich bei allen und hatte sich schon im Voraus für die heutige Party entschuldigt, aber trotzdem. In Evas Siedlung wäre so etwas bestimmt nicht möglich gewesen. Spätestens am Schluss, als die gesamte Runde laut, falsch, aber mit einer Mordsbegeisterung bei allen Songs mitjodelte, hätte jemand die Gendarmerie angerufen – Spießer! Lilo konnte nur beipflichten, auch in ihrer Wohngegend war so etwas unmöglich.

Stefan begleitete sie noch nachhause und der Abschied fiel ihnen schwer. Wenigstens einmal gemeinsam einschlafen und ganz eng aneinander kuscheln ... ein Traum!

24.

Man kann nicht alles erzählen!

*E*igentlich waren Ferien, aber Evas Mutter musste da etwas missverstanden haben! Andauernd brauchte sie irgendwelche Kleinigkeiten.

„Du bist eh mit dem Rad unterwegs, bring mir bitte ‚dieses' oder ‚jenes' mit."

Natürlich war Eva mit dem Rad unterwegs, aber eigentlich kam sie gar nie bis in die Stadt! Das bedeutete also wieder extra reintreten und Zeit verschwenden. Besonders wenn es so heiß wie jetzt war, liebte Eva solche Aktionen, aber das konnte sie ihrer Mutter halt doch nicht erklären.

War sie wirklich einmal zuhause und wollte in Ruhe lesen, beanspruchte ihre Mutter, kaum war die richtige Seite in dem Buch wieder gefunden, partout ihre Hilfe. Sie sollte Salat waschen, oder nur schnell mal was aus dem Keller holen, Papa suchen … Eva sendete so manchen Seufzer zum Himmel. Am besten war es beim Baden. Sie nahm dann auch kein Handy mit, da man es bei dieser lauten Musik und dem Kindergeschrei sowieso nicht hörte, also hatte sie da ihre Ruhe!

Stefan war im Freibad oft der Mittelpunkt. Er sah gut aus und am Meterbrett turnte er herum, als täte er nie etwas anderes. Manchmal war Eva ganz schön eifersüchtig, wenn andere Mädchen ihn so offensichtlich umschwärmten und so taten, als wäre sie gar nicht da. Frechheit, sie so zu ignorieren! Stefan betrachtete sie dann immer belustigt und nannte sie seine Wildkatze.

Manchmal zweigten die beiden ein wenig von Evas Ausgangszeit ab und verschwanden noch ein Stündchen in der Hütte. Sie genossen es dann endlich allein zu sein, ungestört zu schmusen und zu kuscheln. Noch hatten sie den letzten Schritt nicht gewagt, aber Eva fühlte, dass es bald so weit sein würde. Die so genannte „Premierenfeier" sollte nach Stefans Urlaub stattfinden. Beide wollten sich eine Überraschung ausdenken. Eva hatte schon so einige Ideen: Kerzenlicht, eine Flasche Sekt, eine gemütliche Decke.

Auch die Woche ohne Stefan würde vergehen, hoffentlich! Eva hatte sich vorgenommen ihr Zimmer wieder einmal tipptopp zu reinigen, die alten Schulsachen zu ordnen und Überflüssiges zu entsorgen. Papa würde sich bestimmt freuen, wenn sie ihm eröffnete, dass sie gerne zum Schwammerlklauben mitging, sie war schon lange nicht mehr mit ihm im Wald gewesen. Als sie noch jünger war, hatte sie ihn immer begleitet, aber jetzt hielt sie ihn oft auch nicht aus, besonders bei gewissen Themen lagen sie sich regelmäßig in den Haaren. Er akzeptierte einfach nicht, wenn Eva sich schminkte und auch an ihren Klamotten hatte er ständig etwas herumzunörgeln.

Sollte er doch froh sein, dass sie nicht auf Modepüppchen machte und seinen alten Anorak und Hemden bevorzugte, sonst käme sie ihm doch wesentlich teurer! Aber nein, immer wieder fing er davon an. Ihre Mama war da toleranter, die meinte nur noch: „Hauptsache, du bist sauber und nicht gerade zerlumpt! Man sieht noch ganz andere Teenies!" Wahrscheinlich war Evas Mama schon froh, dass sie von dem Wunsch sich ein Nasenpiercing stechen zu lassen, wieder abgekommen war.

Ihre Patentante konnte sie in dieser Woche auch besuchen, die würde sich bestimmt freuen. Und vielleicht noch einen Tag mit Melitta verbringen, schon wäre die Woche herum.

Außerdem waren da ja auch noch die anderen Jungs.

Aber meistens kommt es anders, als man denkt! Der Abschied am Freitag fiel beiden offensichtlich schwer, obwohl sie ständig betonten, dass eine Woche wirklich keine lange Zeitspanne sei, außerdem wollte er versuchen anzurufen, vorausgesetzt er hatte einen Empfang.

Am Wochenende und weiter am Montag und am Dienstag war es extrem heiß, also verbrachte Eva ihre Nachmittage im Freibad. Das Putzen hatte sie insgeheim verschoben, es war einfach zu heiß.

Gut, dass Mama noch nichts von dem Vorsatz wusste, bei ihr gab es keine Ausreden, auch nicht, wenn es vierzig Grad im Schatten hatte. „Verschieben bringt nichts, da kommen einem nur noch weitere Dinge dazwischen, wenn man etwas geplant hat, muss man einfach dran gehen ..." Eva war da anderer Ansicht.

Da war ein neues Gesicht im Freibad aufgetaucht. Er hieß Franz und ging bereits in die HTL[21], zwar war er nicht Evas Typ (leicht rothaarig, helle Haut und mit Sommersprossen), aber er war sehr scharmant und sie fühlte sich geschmeichelt. Er hatte sein Handtuch gleich neben ihrem platziert und machte ihr ständig Komplimente. Außerdem kam er dann sogar mit einem Eis für sie angetrabt, na wenn er es schon gekauft hatte.

Sie hatte doch keines verlangt. Außerdem konnte man sich gut mit ihm unterhalten. Trotzdem hatte sie ein bisschen ein schlechtes Gewissen, besonders wenn sie merkte, wie die andern Jungs Franz böse Blicke zuwarfen. Der schien das gar nicht zu merken und selbst als Eva ihm klar machte, dass sie fix vergeben war, lachte er nur und meinte breit grinsend: „Wo denn? Wie denn? Was denn? Wer denn? Ich sehe hier niemanden, der Interesse an dir zeigt, außer mir natürlich! Und außerdem ist Reden ja nicht verboten und Eisessen gottlob auch noch nicht!"

Sie lachte mit und er war ihr noch sympathischer. Er versuchte sogar sie am Abend in ein Café einzuladen, aber das ging ihr dann doch zu weit. Sie lehnte ab.

Die anderen fuhren am Mittwoch zu Stefan, Gott sei Dank hatte es in der Nacht geregnet und ein wenig abgekühlt. Endlich erledigte Eva den Zimmerputz, es ging zwar etwas zäh voran, aber sie gab sich Mühe. Besonders wenn es ums Ausmisten ging, betrachtete sie jedes Stück lange und drehte es in ihren Händen, als müsste sie einen Schatz wegwerfen. Sie hing halt einfach an den Erinnerungen aus den Kinderjahren. Ihren Teddy staubte sie besonders liebevoll ab, den würde sie bestimmt nie wegwerfen.

Gegen Abend wollte sie in die Hütte, um zu erfahren, wie es Stefan so ging, denn er hatte erst einmal von einer Wanderung aus angerufen, da er oben bei der Hütte keinen Empfang hatte. Die Arbeit war langweilig, aber einfach notwendig, also fügte Eva sich ihrem selbstauferlegtem Schicksal.

„Du willst bestimmt wieder etwas Besonderes, wenn du gar so fleißig bist!"

„Nein, Mama, gar nicht, der Staub stört mich einfach."

„Ganz was Neues, aber bitte, mir soll es nur recht sein!"

Erst beim Aufräumen merkt man, wie viele Sachen da so herumstehen und was man so alles besitzt. Endlich fertig, nichts wie raus!

Die waren schon zurück. Schöne Grüße wurden ihr ausgerichtet und es gehe ihm gut und ... Irgendwie merkte Eva, es herrschte eine komische Stimmung. Sie erzählten nicht viel von ihrem Treffen, sondern redeten ständig von der Fahrt, der Hütte und anderen unwesentlichen Dingen. Seltsam! Eva hörte interessiert zu.

Doch plötzlich meinte Alfred. „Da ist so ein tolles Weib oben bei Stefan, wunderschönes langes Haar, siebzehn und solche ..." Er fuchtelte mit seinen Händen linkisch vor seinem Oberkörper herum.

„Sie spielen täglich Tischtennis, da hüpfen die nur so! Schnüffeln kann sie auch schon."

„Pssst, halt doch deine doofe Klappe, man kann nicht alles erzählen!" Mischa rempelte ihn unsanft. Aber Eva hatte bereits „Elefantenohren".

„Man kann nicht alles erzählen, aha, aber genau das würde mich interessieren!"

25.

Wenn beide stur sind!

„Alfred, erzähle bitte weiter! Was sagtest du, sie ist bereits siebzehn ... und wie war das mit dem Schnüffeln?"

Alfred wirkte ganz verträumt und schien nicht zu verstehen, womit er sich solch einen Rempler[22] eingehandelt hatte. Die letzte Frage hatte er nicht gehört, wie gesagt, er war nicht der Schnellste beim Denken.

„Wenn ich doch im Leben auch einmal so eine Chance bekäme!"

„Hast du nicht verstanden, du sollst deine dämliche Klappe halten!"

„Warum, Eva flirtet doch auch im Freibad, habt ihr doch alle selbst gesehen!"

Aha, daher wehte der Wind!

„Darf ich mich denn mit keinem männlichen Wesen mehr unterhalten, wenn der Big Boss nicht da ist?"

„Wir sollen alle auf dich achten", schmollte Alfred, noch immer beleidigt.

„Hast du Stefan auch von Franz erzählt?"

„Natürlich!"

Einfach toll, aber alles andere wäre auch eine Überraschung gewesen, Alfred war Stefans treuester Freund! Immerhin gab Stefan sich viel mit ihm ab und ließ ihn nie spüren, dass er etwas anders war. In der Clique ging es, da akzeptierten ihn alle, auch darauf achtete Stefan, aber andere Jungs verspotteten ihn oft fürchterlich!

Eva hatte genug gehört, sollte Stefan doch tun, was er für richtig hielt. Wenn er wieder da war, würde sich alles klären, aber auf jeden Fall ließ sie sich nichts verbieten! Und allen den Auftrag zu geben auf sie zu achten, das war ja noch schöner! Und wer passte auf ihn auf? Na, jetzt erst recht! Sie rauschte ab. Chris eilte ihr nach.

„Ist doch alles halb so wild, nimm das nicht so ernst, ist halt ein Urlaubsflirt, wenn er wieder daheim ist, vergisst er sie schnell wieder."

Eva antwortete nicht. Was sollte sie mit so einem komischen Trost?

Sie fuhr zu ihrem Lieblingsplätzchen und rauchte erst einmal eine und das, obwohl sie eigentlich aufhören wollte und seit Freitag keine mehr geraucht hatte! Egal, besondere Situationen verlangten besondere Reaktionen! Er hatte auch geschnüffelt, das war fast noch schlimmer, aber sie konnte es nicht ändern!

Den Rest der Woche war sie wiederum jeden Nachmittag im Freibad. Franzi kam meist nach ihr und legte sein Handtuch schon automatisch neben ihres und einmal, als er schon vor ihr da war, und sie sich extra auf die andere Seite legte, wechselte er den Platz, sobald er sie erblickte. Sie plauderten viel, er lud Eva immer wieder auf ein Eis ein, aber sonst war er eigentlich sehr zurückhaltend, zumindest versuchte er nicht an ihr herumzugrapschen. Zwar versuchte er immer wieder den Arm um sie zu legen, doch wenn Eva ihn energisch genug wegschob, gab er wieder eine ganze Weile eine Ruhe damit. Sie flirteten zwar und er wollte sie immer wieder auch einmal abends in die Stadt einladen. Eva war dankbar für die Ablenkung und mied den Kontakt mit den anderen aus der Clique, wenigstens verging die Zeit in seiner Gegenwart rasch und er brachte sie ständig zum Lachen.

Spannend wurde es am Samstag. Eva wusste, dass Stefan bis spätestens Mittag zuhause sein würde. Sie wartete bis

14 Uhr. Er meldete sich nicht. Das Wetter war herrlich, also ab ins Freibad. Sie würde ihn bestimmt nicht anrufen, geschweige denn nachlaufen und ebenso wenig wollte sie zuhause sitzen und Mauerblümchen spielen, bis der Herr Graf vielleicht so gnädig war anzurufen, kam ja gar nicht in Frage! Natürlich gesellte sich Franzi wieder zu ihr. Kaum eine Viertelstunde später tauchte Stefan auf!

Kein Wunder, sofort nach ihrem Eintreffen sah sie Christoph telefonieren, der Nachrichtendienst funktionierte also. Jetzt wurde es spannend. Franzi erzählte und erzählte von irgendeiner Fete gestern. Eva hörte überhaupt nicht zu. Sie beobachtete aus den Augenwinkeln und getarnt durch ihre Sonnenbrille, versteht sich, wie sich Stefan wild gestikulierend mit Christoph unterhielt und immer wieder in ihre Richtung schaute. Ob er herüberkäme? Abwarten, cool bleiben! Er setzte sich etwas abseits hin, wandte den Blick jedoch nicht ab. Feigling! Komm doch her! Eva hielt es nicht mehr aus. Was sollte sie tun? Hingehen? Nein! Wegschauen? Was machen Frauen in solchen Situationen? Richtig! Sie marschieren auf's WC. Als sie zurückkam, war Stefan verschwunden und Franzi gerade beim Zusammenpacken.

„Gehst du schon?"

„Ja, es hat mich gerade jemand angerufen. Wir machen noch eine Fahrradtour. Ein bisschen Training kann nicht schaden, ich will ja beim Holzstraßenmarathon mitfahren."

„Ach so, ich dachte schon …"

Irgendwie wirkte er hektisch.

„Hat nicht doch jemand mit dir gesprochen?"

„Was soll das jetzt heißen, also manchmal redet ihr Girls einfach in Rätseln. Tschau, bis demnächst."

Eva hatte genug, sie wusste überhaupt nicht, was sie denken sollte! Was wollte Stefan? Franzi war doch keine Konkurrenz! Oder dachte er tatsächlich, sie würde sich ernsthaft für diesen „Rotschopf" interessieren. Warum rührte er sich nicht? Das mit Franzi würde er doch wohl nicht ernst nehmen. Sie hatten außer plaudern doch nichts getan! Sie könnte da ihm doch viel eher böse sein. Schließlich war er eine Woche in der Nähe eines Traumgirls und das ganz ohne Kontrolle, wer weiß, was da alles passiert war? Hatte sie da nicht genug Grund um böse zu sein, noch dazu, wenn er sich nicht meldete! Sie lag jetzt allein auf ihrem Badehandtuch und grübelte hin und her. Sollte sie ihn vielleicht doch anrufen? Was war, wenn er sonst wieder …? Blödsinn, sie war nicht für alles verantwortlich! Auf der Turrach war sie auch nicht mit!

Sie lag bäuchlings auf ihrem Handtuch, das Gesicht zum Boden. Die Gedanken kreisten wie wild in ihrem Kopf. Eva schaute erst auf, als bereits die ersten Regentropfen auf ihren Rücken klatschten. Rundherum hatten bereits alle Badegäste die Wiese geräumt. Nichts wie nachhause, ein heftiges Gewitter war im Anmarsch. Hoffentlich schaffte sie es noch.

Kaum war sie in Sicherheit, ging es richtig los. Es goss die ganze Nacht wie aus Kübeln. Erst im Laufe des nächsten Tages begann sich das Wetter ein wenig zu beruhigen. Anscheinend ging es Stefan wie ihr, denn er meldete sich nicht! Großartig, was Blöderes gab es tatsächlich nicht. Na, auch gut, warum sollte schon wieder sie nachgeben? Vielleicht wäre eine Aussprache angebracht, aber wenn er es nicht einmal für notwendig befand sich zurückzumelden. Er war doch weg, oder? Sollte sie ihm vielleicht nachlaufen?

Nach drei langen Tagen und noch längeren unruhigen Nächten hielt sie es einfach nicht mehr aus. Sie fuhr zur Hütte. Niemand da! Sie wollte bei Mischa vorbeischauen, vielleicht wusste der etwas.

Auch mit Stefan stimmte anscheinend irgendetwas nicht. Er war nie in der Hütte gewesen, abgesehen davon, dass es da im Moment recht warm war. Abends oder am Vormittag ging es tadellos, denn da warfen die Blätter des Baumes Schatten, aber am Nachmittag schien auf einer Seite die Sonne voll drauf und das war nicht auszuhalten. Wenn man zuhause bei ihm anrief, hieß es, er sei nicht da oder er wollte nicht gestört werden. Seltsam. Keiner wusste was Näheres, aber alle vermuteten, dass es ihm wieder einmal nicht gut ging. Typisch Stefan! Er war immer für alle da, egal wem es schlecht ging, aber er beanspruchte niemanden! Man hatte ihn zugleich mit ihr zuletzt am Mittwoch im Freibad gesehen. Erwin meinte, er hätte ihn auch mal mit Marianne gesehen, konnte aber nicht mehr eruieren, wann das war. Auch das noch, gerade mit der!

Mischa und Chris versprachen sich darum zu kümmern. Immerhin war er auch ihr Freund. Eva wurde selbst immer unruhiger. Schön langsam überwog die Sorge. Sie fuhr zu ihrem Lieblingsplätzchen und versuchte, ohne überlegt zu haben, was sie ihm sagen wollte, einfach anzurufen. Natürlich hob er nicht ab, das wäre auch zu leicht gewesen!

Wieder nachhause. Wenn sie wenigstens mit jemandem darüber reden könnte. Niemand daheim. Da fiel ihr ein, dass sie in der Schule einen Zettel mit einer Art Jugend-Kummer-Nummer erhalten hatten. Ob sie es da versuchen sollte? Nein, zuerst musste sie Genaueres wissen!

Am nächsten Tag meldete sich keiner von den Jungs und in der Hütte befand sich nur Alfred, der sorgfältig aufräumte. Das erledigte er von allen am genauesten. Stefan hatte so eine Art „Hüttenaufräumdienstplan" erstellt, sodass nicht immer dieselben zum Putzen dran kamen, mit dem kleinen Unterschied, dass Alfred fast doppelt so oft dran war als jeder andere. Aber das schien ihn gar nicht zu stören. Stefan brauchte ihn nur vor den anderen zu loben und erklären, er machte das am genauesten und schon bot er sich an, noch weitere Dienste zu übernehmen. Alle grinsten und er freute sich.

Eva wurde immer nervöser. Das gab es doch nicht, dass niemand etwas wusste. Kurzerhand radelte sie zu Stefan nachhause und läutete an. Hatte sich da nicht gerade der

Vorhang in seinem Zimmer bewegt? Eva läutete abermals. Nichts.

Am Abend, als sie sich bei ihrer Lieblingsmusik entspannen wollte, läutete ihr Handy.

„Ich war heute, gerade als du geläutet hast, bei ihm, hab dich vom Fenster aus gesehen. Es geht ihm ziemlich mies! Er hat viel zu viel geschnüffelt in letzter Zeit, sieht recht mitgenommen aus. Er will mit dir reden …"

Es war Mischa.

„Hat er denn so ohne Weiteres aufgemacht, bei mir geht er nicht einmal ans Handy!"

„Ja, ich habe auch ein Weilchen gebraucht und es war ein günstiger Moment. Er war gerade allein. Kannst es morgen irgendwie einrichten, dass ihr euch ausreden könntet? Es wäre echt wichtig!"

„Was will er denn überhaupt! Wer hat sich hier denn verkehrt benommen?"

„Hör bloß damit auf, das ist völlig uninteressant. Er braucht dich jetzt!"

„Ach so, bin ich vielleicht der große Wunderwuzzi, der alle Probleme in Null-Komma-Nichts lösen kann? Wer fragt denn einmal mich, wie es mir geht!"

„Eva! Ihr seid beide dermaßen stur und stolz, sonst wäre es gar nicht erst so weit gekommen! Er ruft nicht an, weil du andauernd mit Franzi im Freibad bist und du gibst dich gleich eifersüchtig, nur weil Alfred irgendetwas von so einer komischen Tussi erzählt, mit der Stefan Tischtennis gespielt hat. Toll! Vielleicht hat er gleich viel oder gleich wenig angestellt wie du? Na siehst du! Denk bitte darüber nach. Er braucht dich wirklich und er liebt dich, das hat er mir selbst gesagt!"

„Ach so, womit wieder einmal ich an allem schuld bin und er wieder einen Grund hat zu schnüffeln. Toll! Er kann mir doch gestohlen bleiben, wenn er ständig zu dem Zeug greift!"

Das saß.

„Eva, er hört jetzt auf, das hat er mir versprochen ..."

„Ist so oder so egal, denn mein Vater will mit mir morgen tapezieren, da kann ich nicht einfach weg."

„Lass dir was einfallen! Bitte! Es ist wirklich dringend! Tschüss, bis morgen."

26.

Vielleicht klappt es ja doch!

Ihr Vater teilte immer Eva ein, wenn er eine Arbeit hatte, obwohl ihre Schwester oder vor allem ihre Mutter als Hausfrau noch mehr Zeit hatten. Er lobte ihre Geschicklichkeit! Eva war recht praktisch veranlagt, aber ihr Vater wurde im Laufe der Arbeit immer gereizter und genervter. Das war dann oft nicht mehr lustig. Diesmal wollte er die Küche neu tapezieren, ausmalen genügte nicht, denn das Haus hatte schon einige Jährchen am Buckel und die Wände waren sehr uneben. Er meinte unter den Tapeten würde das weniger auffallen. Das war natürlich ein heikles Unterfangen. Schon um acht standen beide parat. Mama und er hatten am Vortag die alten Tapeten mühselig heruntergeholt. Eva wäre ja fürs Ausmalen, aber wie gesagt das Haus war schon recht alt und die Mauern nicht sehr gleichmäßig. Wenigstens war die Tapete diesmal dezent und nur ein bisschen in sich gemustert. Da ging die Arbeit sicher flotter, da man nicht so millimetergenau auf die Stöße achten musste. Das letzte Mal hatten sie Blümchen und es sah furchtbar aus, wenn man auch nur ganz wenig abrückte. Man kam in Teufels Küche, denn spätestens ab der dritten Bahn passte das Muster gar nicht mehr zusammen. Außerdem war auf einer Längsseite eine Mansarde, herrlich.

Es ging gut voran. Bis Mittag hatten sie zwei Seitenwände komplett fertig und eine dritte angefangen. Somit war das Ärgste vollbracht, denn beim Rest war ein großer Teil verfliest und Kasterln kamen auch noch drauf, also blieb nicht mehr viel übrig.

Anscheinend hatte Mama Papa vorher „präpariert", denn er war heute gar sanft. Kaum maulte er ein wenig, warf sie ihm einen scharfen Seitenblick zu und schon war er ruhig, zwischendurch blödelte er sogar und klopfte alte Sprüche. Wenn das so weiterging, schafften sie es locker bis zum Abend. Bei den Aufräumungsarbeiten würden sie Eva hoffentlich entbehren können, nachdem sie sowieso schon den ganzen Tag geholfen hatte.

Tatsächlich, um 16 Uhr 37 schrie ihr Papa nach einem Bier und einer wohlverdienten Jause.

Eva bevorzugte ein erfrischendes Mineral und duschte anschließend genüsslich, es war wieder den ganzen Tag verdammt schwül gewesen!

„Mama, ich möchte noch gerne …"

„Hau schon ab, warst eh sehr fleißig heute! Kannst ruhig bis 22 Uhr 30 wegbleiben, falls du noch die Energie dazu hast. Wir machen den Rest schon."

„Danke! Mal sehen, wer überhaupt unterwegs ist."

Und weg war sie. Ihre Schwester hatte ihr noch einen neidischen Blick zugeworfen, diesmal war sie zum Aufräumen dran, aber so war das Leben. So, jetzt war sie ein Stück weg, also schnell durchläuten, sie hatte nur noch ein paar Cent Guthaben, gerade genug, dass sie eine andere Nummer anrufen und ein-, zweimal läuten lassen konnte. Meist rief derjenige dann zurück. Sie versuchte es bei Stefan. Warten. Nein, er rief nicht zurück. Masche – auch erfolglos. Also fuhr sie zur Hütte, vielleicht war da jemand. Auch niemand. Verdammt, das war doch zu blöd, wo waren denn alle? Sie entschied sich für ihren Lieblingsplatz, wenigstens konnte man da klammheimlich eine rauchen. Das Freibad! Wie spät war es? 18 Uhr 45, es hatte bis halb acht geöffnet, vielleicht waren sie da. Also zum Freibad. Der Bademeister saß an der Kasse und rechnete bereits ab. Eva kannte ihn gut. Er war ein freundlicher humorvoller Zeitgenosse, der viel für die Jugend übrig hatte.

Hatten sie zum Beispiel die Musik auf der Liegewiese wieder viel zu laut und Erwachsene sich bereits beschwert, kam er rüber und schimpfte lautstark, aber augenzwinkernd mit ihnen. Eva musste sich da immer zusammenreißen um ernst und betreten drein schauen zu können und nicht laut los zu prusten.

„Ist von meinen Jungs jemand da?"

„Von deinen Jungs, wie das wieder klingt, Mädchen, für dich gibt es so was ja noch gar nicht!"

„Bin ja eh so brav, ich will nur mit ihnen plaudern."

„Das hört man gern, aber ich muss dich enttäuschen, ich habe heute den ganzen Tag keinen von euch gesehen, hab mich noch gewundert ..."

„Musste tapezieren, so eine blöde Arbeit und das mitten im Sommer, aber du weißt ja, wie ihr Erwachsene seid, was ihr euch in Kopf setzt, muss gleich passieren! Also tschüss, bis morgen."

Vielleicht war Stefan zuhause. Wieder rauf auf das Rad, aber das soll ja fit halten.

„Hallo, lange nicht gesehen. Stefan ist mit Michael (bürgerlicher Name von Masche) unterwegs, keine Ahnung wann sie wieder auftauchen. Soll ich was ausrichten?" Stefans Mutter war immer freundlich.

„Danke, nicht nötig, ich sehe sie dann morgen. Auf Wiedersehen."

Sie wollte noch einmal zur Hütte, wo sollte sie sonst hin, immerhin hatte sie heute länger Ausgang. Sie kletterte rauf, angelte sich den an einem versteckten Plätzchen deponierten Schlüssel und wollte aufsperren, aber es wollte nicht funktionieren.

Da klemmte etwas, der Schlüssel ließ sich nicht weit reinstecken, da steckte innen offensichtlich ein Schlüssel! Es hatte nur Stefan einen zweiten!

„Hey, wer ist da? Was soll das, sperr doch auf!"

„Tu mir einen Gefallen und komme in einer guten halben Stunde wieder, ich brauch noch ein bisschen Zeit für mich."
Er war es.
„Du bist vielleicht ein Witzbold! Bist du sicher, dass ich überhaupt wieder kommen soll? Ich halte eigentlich nichts von solchen doofen Spielchen! Entweder willst du mit mir reden oder eben nicht. Ich kann ohne dich auch leben, das weißt du hoffentlich."
„Bitte, Eva, wenn dir etwas an mir liegt, dann komm später wieder!"
Sie setzte sich am Boden hin, rauchte zuerst eine. Von drinnen war nichts zu hören. Sie deponierte den Schlüssel wieder an seinen gewohnten Platz und rauschte ab. Was war das Verrücktes, es wurde immer besser, aber egal, Zeit hatte sie ja, denn es war erst kurz vor zwanzig Uhr. Sie war körperlich müde, aber innerlich sehr aufgewühlt. Er war doch mit Mischa unterwegs, vielleicht wusste er etwas. Also los.

Erwin, sein Bruder öffnete. Nein, er war nicht da, war mit dem Auto unterwegs. Keine Ahnung wo, wie, was – bereits den gesamten Nachmittag. Sie folgte ihm in sein Zimmer und setzte sich auf den Boden. Es war ziemlich klein, aber gemütlich. Sie hatte ja noch Zeit zu verbringen und sie tratschten ein wenig. Er erkundigte sich nach ihrer Lieblingsmusik und brachte ihr sogar eine Cola. Eigentlich war er ziemlich nett. So viel hatte sie mit ihm noch nie gesprochen, er war nicht unbedingt ihr Typ und kein Vergleich zu Stefan, aber heute wirkte er echt nett. Als sie wieder auf die Uhr sah, war längst eine Dreiviertelstunde vorüber. Sie verabschiedete sich und jammerte etwas von kleinlichen Eltern. Sie verriet mit keinem Wort, dass sie jetzt zur Hütte wollte und Stefan dort auf sie wartete.

Mit sehr gemischten Gefühlen machte sie sich wieder auf den Weg. Die Tür stand offen, sie hörte gedämpfte Musik.

Ganz zaghaft trat sie ein. Plötzlich sprang Stefan hinter der Tür hervor und umarmte sie stürmisch. Eva hatte laut aufgeschrien:

„Unverschämtheit, mich derart zu erschrecken!"

Wild wand sie sich um seine Umklammerung los zu werden.

„Meine kleine Wildkatze, habe ich dich endlich wieder! Ich habe dich schon sehr vermisst."

„Selbst Schuld, du hast dich doch nicht gemeldet! Außerdem bin ich vielleicht eine Wildkatze, aber ganz bestimmt nicht deine! Ich komme mir vor wie ein alter Waschlappen, der immer da ist, den man meist nicht beachtet, aber wenn man ihn braucht, ist es fein, ihn einfach so hernehmen zu können und davon habe ich jetzt genug!"

Sie musterte ihn ganz genau. Nein, heute fehlte ihm nichts, trotzdem war er ziemlich blass im Gesicht. Nach einer Woche Urlaub auf der Alm sah man normalerweise anders aus.

„Ja, ja, ich weiß. Es tut mir auch Leid, ich war ziemlich mies drauf und da kann mir dann niemand helfen, da ertrage ich auch keinen in meiner Nähe. Nicht mal dich! Aber nimm das bitte nicht persönlich, das hat nichts mit dir zu tun."

Eva schaute ihn wieder prüfend an. Mittlerweile hatte er sie losgelassen und stand etwas betrübt vor ihr.

„Aber so ein komisches Verhalten zeigst du erst, seit du schnüffelst! Vorher, das sagen auch die anderen, warst du nie so. Du kannst doch nicht verlangen, dass alle Welt auf dich Rücksicht nimmt und deine Launen erträgt. Wenn es dir recht ist, können nicht genug Leute um dich sein und wenn du schlecht drauf bist, verkriechst du dich und gibst kein Lebenszeichen von dir, echt cool, oder was! Spielst wohl gerne den Big Boss!"

Müde und niedergeschlagen setzte er sich hin. Nach einem erwartungsvollen Blick streckte er die Hand nach ihr aus: „Ich wollte eigentlich nicht mit dir streiten. Ich bin froh, dass du gekommen bist. Wahrscheinlich haben wir uns beide blöd benommen in letzter Zeit und ich schwöre, da war nichts mit Tanja. Wir haben uns beim Tischtennisspiel prächtig amüsiert und sie sieht toll aus, ja, aber sonst lief da nichts. Nicht einmal geküsst habe ich sie. In Wahrheit ist sie nämlich eine ziemlich eingebildete Tussi, die nichts im Kopf hat. Aber ich war froh, dass außer den alten Leuten und den kleinen Kindern überhaupt noch ein Jugendlicher da war. Sonst wäre ich die Woche doch glatt versauert. Es war so und so das letzte Mal, dass Mama mich da mitgezerrt hat! Nächstes Jahr will ich in den Süden, vielleicht nach Italien. Mit dir natürlich!"

Er zog sie zu sich auf den Schoß.

„Und du bist mir ja nichts schuldig geblieben, wie ich so gehört habe, also sind wir wieder quitt."

Er versuchte sie zu küssen. Eva spreizte ihn weg.

„Aber so einfach ist das nicht! Du schnüffelst doch wieder, wie stellst du dir das vor?"

„Das Zeug brauche ich doch nicht, wenn ich dich habe, dann geht es mir doch gut!"

„Haha, das habe ich bereits einmal gehört, lauter leere Versprechungen. Du schnüffelst immer öfter, mittlerweile reicht schon schlechte Laune als Ausrede!"

Eva war aufgesprungen

„Du brauchst professionelle Hilfe! Ich habe mich erkundigt. In Klagenfurt gibt es eine Suchtpräventionsstelle, da kann man sich auch anonym hinwenden."

Stefan sah betreten zu Boden und antwortete nicht. Eva kniete vor ihm hin und nahm seine Hände.

„Bitte Stefan, tu es mir zuliebe, unserer Beziehung wegen, lass dich beraten. Ich helfe dir, ich fahre mit. Du kannst doch anonym bleiben und es kostet nichts. Niemand wird davon erfahren, das verspreche ich dir."

Lange überlegte er. Eva hielt verzweifelt seine Hände.

„Okay, ab morgen bin ich clean, ansonsten fahren wir."
„Versprochen?"
Eva ließ ihn los und hielt ihre Hand hin. Er schlug ein. Na ja, vielleicht klappte es ja doch!

27.

Jetzt ist alles aus!

Die Versöhnung war perfekt. Doch wie immer verging mit Stefan die Zeit viel zu schnell und sie musste trotz längerem Ausgang nachhause. Sie umarmten und küssten sich immer wieder, schade um die vorher vertane Zeit. Er flüsterte ihr immer wieder Komplimente ins Ohr und erinnerte sie an die Premierenfeier … Eva war ganz kribbelig zu Mute, trotzdem bremste sie ihn ein und meinte: „Zuerst lösen wir dein Problem, dann erst …"

Morgen wollten sie sich gleich um zehn im Freibad treffen, hoffentlich funkte da nicht Mama mit irgendwelchen Angelegenheiten dazwischen.

Aber egal, sie freute sich. Diesmal hatte er etwas versprochen! Sie legte sich bereits beim Nachhausefahren eine Strategie zu: Sobald sie etwas bemerkte, würde sie mit ihm nach Klagenfurt zu dieser Beratungsstelle fahren und sollte er das verweigern, würde sie ihm mit dem Verrat bei seiner Mutter drohen. Davor hatte er sicher Angst. Außerdem wollte sie demnächst mit ihrem Cousin über das Schnüffeln reden. Er war Medizinstudent und konnte vielleicht Näheres über die Gefahr der Abhängigkeit und die Nebenwirkungen in Erfahrung bringen. Morgen wollte sie auch noch ihre Freundin Melitta anrufen, die hatte auch immer gute Ideen, schade dass Eva nicht einfach zu ihr gehen konnte. Eine Freundin vermisste sie wirklich, so zum Tratschen und auch zum Bummeln. Ob Melitta schon arbeitete? Komisch, sie hatte, seit Ferien waren, nichts mehr von ihr gehört – treulose Seele!

Aber wenigstens hatte sie Stefan und ihre Jungs und ab Herbst in der neuen Schule, wer weiß, vielleicht wäre da wieder jemand dabei, nach Möglichkeit weiblich. Ziemlich zufrieden schlüpfte Eva ins Bett, sie war tatsächlich hundemüde! Schon bald schlief sie tief und fest voll der Hoffnung, dass alles gut würde.

Am nächsten Tag war das Wetter nicht besonders. In der Nacht hatte es geregnet und recht abgekühlt, jetzt befand sich noch einiges an Restbewölkung am Himmel. Eva ließ ihre Badesachen also erst einmal daheim, ihre Mutter hätte baden bei diesen Temperaturen so oder so nicht erlaubt, und fuhr so Richtung Freibad. Auf dem Weg sah man von der Straße aus Stefans Zimmerfenster. Der Vorhang war weg und das Fenster ganz offen, das sah nach Lüften aus, frisch genug war es ja, also war er bereits wach oder gar schon unterwegs. Warum waren heute so viele Autos vor der Tür, seltsam. Sie kannte die Autos nicht. Ob sie anrufen sollte, ach, sie wollte noch aus dem Blickfeld rücken. Aber wozu, zuerst wollte sie nachschauen, ob er bereits im Freibad auf sie wartete, sie hatten für Schlechtwetter nichts ausgemacht. Wahrscheinlich hatten sie Verwandte auf Besuch und er war längst geflüchtet! Also zuerst ins Freibad. Ihr Lieblingsbademeister war an der Kassa. Nein, er hatte ihn nicht gesehen, aber Eva könne gern nachsehen, denn schließlich sei er auch mit Wartungsarbeiten im Keller beschäftigt gewesen und sie hätten ja Saisonkarten, kämen also jederzeit ungehindert rein. Kurz entschlossen marschierte Eva eine Runde. Es waren noch nicht viele Leute da. Kein Wunder bei dem Wetter, da war ja fast ein Mantel nötig. Von ihren Freunden war niemand zu sehen. Ein Blick auf die Uhr, gleich viertel elf, vielleicht kam er gleich. Zurück an der Kassa rauchte sie erst einmal eine. Normalerweise war das noch nicht ihre Zeit zum Rauchen, aber irgendwie war sie nervös. Charlie, der Bademeister plapperte frisch-fröhlich darauf los, aber Eva hörte gar nicht richtig zu. Die alten

Sorgen machten sich wieder breit. Warum war er nicht da? Normalerweise war Stefan nicht unpünktlich. Schließlich verabschiedete sie sich und machte sich auf den Weg zur Hütte. Vielleicht war er da.

Abgesperrt, niemand da. Sie setzte sich auf die Veranda und betrachtete ihr Handy. Kein Anruf, keine SMS. Sie wählte seine Nummer, er hob nicht ab. Mailbox. Eva wollte nichts sagen. Hatten sie sich verfehlt? War Stefan zum Freibad gefahren, während sie jetzt da bei der Hütte war? Unwahrscheinlich. Wieder rauchte sie. Wo war er bloß? Sollte sie einfach bei ihm läuten, aber da war so viel Besuch da. Unmöglich, das wollte sie sich und ihm nicht antun.

Warum hatte er sich nicht gemeldet? Wenigstens eine kleine SMS! Wieder schaute sie auf ihr Handy. Nichts. Vielleicht hatte er was vergessen und sie hatten heute irgendeine dämliche Verwandtenfeier. Sie fuhr zu Mischa. Ach, bin ich blöd, der arbeitete ja. Ferialjob, hatte sie ganz vergessen. Erwin war mit dem Rad unterwegs, ob sie denn noch nichts gehört hätte …? Nein, nichts gehört. Was denn, war etwas passiert?

Das wollte und konnte man ihr nicht so zwischen Tür und Angel sagen. Sie würde Erwin oder Christoph bestimmt noch sehen. Mischas Mutter war ein komplizierter Mensch, die sich prinzipiell nirgendwo einmischte, aber gerade beruhigend wirkte das nicht auf Eva. Irgendwie war sie jetzt verärgert, denn offensichtlich war etwas passiert und keiner fand es der Mühe wert ihr Bescheid zu sagen! Das fand sie echt fies! Mittlerweile war es schon nach elf. Sie bat noch um ein Glas Wasser, sie hatte ein total flaues Gefühl im Magen. Kein Wunder, sie hatte ja auch nichts gefrühstückt. Außerdem wurde es Zeit nachhause zu fahren, denn meist gab es schon um 11 Uhr 30 das Mittagessen. Eva war zwar nicht unbedingt nach essen zu Mute, aber was sollte es, zu spät kommen bedeutete wieder „Zores"[23], also machte sie sich auf den Weg.

Schwammerlgulasch – das hatte Eva sonst ganz gerne. Mit Müh und Not aß sie den dreiviertelten Teller leer, ihre Mutter schien zufrieden. Geistesabwesend half sie beim Abwasch. Demnächst wollten ihre Eltern eine neue Küche einrichten, da war dann natürlich auch ein Geschirrspüler geplant, Gott sei Dank, in der Zwischenzeit mussten sie halt noch so zurecht kommen. Nach dem Essen verzog sich Eva in ihr Zimmer und versuchte ihre Gedanken zu ordnen. Sie probierte noch einmal Stefan anzurufen, wieder meldete sich nur die Mailbox. Wo war er nur? Warum meldete er sich nicht? Normalerweise war das nicht seine Art! Wo war Erwin? Hatte Stefan geschnüffelt, womöglich lag er irgendwo ganz „high" herum. Sie machte sich die größten Sorgen. Vielleicht hatte Erwin ihn gefunden und seine Mutter tat deshalb so geheimnisvoll. Von ihm hatte sie gar keine Handynummer. Oder hatte jemand Stefan verpetzt? Wusste seine Mutter jetzt alles? Unmöglich, die hatten doch so viel Besuch, da war keine Zeit für so etwas.

Alle möglichen Gedanken schwirrten ihr durch den Kopf. Ein bisschen Zeit wollte sie noch verstreichen lassen und später zur Hütte fahren, vielleicht war er oder die anderen dort. Schon wieder hatte sie so ein komisches Gefühl im Magen, war das wegen der quälenden Unsicherheit oder gar wegen des Schwammerlgulaschs?

Melitta! Einmal probieren, ob sie zu erreichen war. Gesagt, getan. Wahrscheinlich hatte sie wieder keinen Empfang, die wohnte ja auch wirklich im letzten Winkel.

„Mama, darf ich Melitta anrufen, ich habe ihr versprochen mich diese Woche zu melden."

„Ja, schon gut, aber fasse dich kurz!"

Ihr Bruder ging ans Telefon. Melitta war nicht zuhause, sie arbeitete bereits aushilfsweise in Launsdorf in einem Lokal und vielleicht konnte sie da sogar bleiben. Na, schön für sie, nur Eva half das nicht weiter.

Sie meldete sich zuhause ab und radelte zur Hütte. Wieder niemand da. Vielleicht war Stefan ja doch im Freibad, das Wetter war mittlerweile etwas besser. Also nichts wie hin. Vielleicht war sein Handy kaputt oder er hatte vergessen den Akku aufzuladen. Klar, das war es! Eva selbst hatte ihm verboten bei ihr zuhause anzurufen, denn das brachte nur Schwierigkeiten. In den Ferien konnte sie sich ja kaum auf das Englischlernen hinausreden. Bestimmt wartete er schon längst auf sie. Warum war ihr das nicht schon vorher eingefallen?

Wie wild trat sie in die Pedale. Die Kassa war nicht besetzt. Rasch steckte sie ihre Karte und machte eine Runde durch das Gelände. Niemand zu sehen! Was heißt niemand, von ihrer Clique natürlich. Beim Rausgehen entdeckte Charlie, der Bademeister, sie.

„Na Eva, was macht ihr da heute, ist das eine neue Art Versteckspiel?"

„Warum?"

„Erwin war bereits da und hat dich gesucht, er wirkte ziemlich aufgeregt. Geht es wieder um eine Wette? Ihr habt ja immer so komische Ideen. Irgendetwas hat er von Stefan herumgefaselt, aber ich weiß nichts Näheres."

„Wann war denn das?"

„Warte mal, das ist schon eine Weile her, ich denke das war schon vor meiner Mittagspause um 12 Uhr 30."

„Aha, danke."

Anscheinend wusste Erwin etwas, oder vielleicht sollte er ihr etwas ausrichten. Womöglich musste Stefan mit irgendeinem Besuch wegfahren, da standen doch eine Menge Autos, und er hatte, wahrscheinlich spät dran wie immer, keine Gelegenheit mehr ihr das mitzuteilen. Das war vielleicht kompliziert. Sie musste mit Stefan unbedingt ein einfacheres System ausklügeln. Die Hütte konnte doch auch als Briefkasten dienen! So eine Hin- und Herradlerei durfte nicht mehr passieren!

Sollte sie jetzt zuerst zur Hütte oder zu Erwin? Sie entschied sich für die Hütte, denn eigentlich müsste dort endlich jemand sein. Sie wollte auch nicht, dass wieder Erwins Mutter öffnete. Das sah sonst noch so aus, als liefe sie ihm nach. Erwachsene waren da oft kompliziert. Schon von Weitem sah sie, dass die Verandatür offen stand. Endlich! Heute verzichtete sie sogar darauf ihr Rad abzusperren. Nichts wie rauf. Irgendwie spürte sie eine düstere Stimmung, sogar der CD-Player war abgestellt. Keine Musik, ganz ungewöhnlich! Christoph und Erwin waren da. Betreten saßen beide da und starrten sie an, als erschiene ihnen ein böser Geist.

„Hey, was ist denn hier los, was starrt ihr mich so an?"

„Wir haben hier auf dich gewartet und hoffen schon die längste Zeit, dass du endlich kommst."

„Eigentlich war ich mit Stefan schon um 10 Uhr im Freibad verabredet, und nicht mit euch, oder habe ich da etwas vergessen? Aber er ist wieder einmal nicht erschienen. Na, das Wetter war auch nicht gerade einladend, aber wenigstens melden hätte er sich können. Wo ist er eigentlich? Weiß das jemand?"

Drückendes Schweigen.

„Haben sie Besuch? Jetzt sind noch mehr Autos da als am Vormittag."

Chris rauchte und bot Eva auch eine an.

„Gibt es was zu trinken, so trocken kann ich nicht rauchen. Ich bin ja auch schon eine Weile mit dem Rad unterwegs. Ich habe euch auch gesucht. Immerhin war ich heute schon zweimal im Freibad und warum habt ihr mich nicht angerufen?"

Sie deutete auf Erwin: „Deine Mutter war heute besonders eigen, also manchmal werde ich aus ihr gar nicht schlau."

Erwin schenkte ihr ein Eistee-Mineralwasser-Gemisch ein und reichte es ihr. Seine Hand zitterte, aber er sagte kein Wort. Sie warteten, bis Eva getrunken hatte.

„Ich sehe es an euren Gesichtern, er hat wieder geschnüffelt!"

Beide zuckten hilflos mit den Schultern.

„Ist es arg? Dabei hat er mir gestern versprochen, dass er ab heute clean ist, weil wir uns versöhnt haben. Ich war so happy ..."

Sie saßen da wie zwei Häufchen Elend und hörten ihr zu.

„Dann müssen wir halt doch zur Beratungsstelle ..., diesmal wird er Hilfe annehmen ..., er hat es mir versprochen!"

„Es ist zu spät!", sagten beide wie aus einem Mund.

Eva starrte sie entsetzt an. Christoph umarmte sie und begann fürchterlich zu schluchzen.

„Er ist tot!"

Wutentbrannt stieß sie ihn von sich.

„Was soll das heißen? Warum ...? Lasst euch doch nicht alles aus der Nase ziehen!"

Eva war jetzt völlig hysterisch. Sie zogen sie zu sich auf die Couch und versuchten abwechselnd auf sie einzureden, aber in Evas Kopf hallte vor allem ein Satz immer wieder nach: Er ist tot!

So etwas konnte man nicht erfassen. Sie weinte gar nicht, sie war eher förmlich kurz vorm Durchdrehen. Am liebsten hätte sie laut geschrien! Was war passiert? Man hatte ihn erst heute Vormittag gefunden, leider war es zu spät. Der Arzt konnte ihn nicht mehr wieder beleben. Über die Todesursache war noch nichts bekannt. Er war gestern früh zu Bett gegangen und hatte über Kopfschmerzen geklagt.

„Ja, weil er in letzter Zeit zu viel geschnüffelt hat! Wahrscheinlich wollte er nur ungestört sein um sich seiner Sucht wieder in Ruhe hinzugeben!"

Eva flippte beinahe aus!

„Hat denn seine Mutter nichts gemerkt? Das stinkt doch erbärmlich und auch Stefan verbreitet einen eigenen Geruch, wenn er das vorher zu sich genommen hat. Ich fasse es nicht, ich fasse es einfach nicht. Da muss man doch hingehen und es allen erklären, vielleicht denken sie dann endlich einmal nach! Wie kann man denn so etwas übersehen?"

Entsetzt starrten die beiden Burschen Eva an, wechselten einen kurzen Blick und: „Unterstehe dich, was meinst du, was uns dann blüht! Oder glaubst du etwa, die nehmen uns dann nicht sprichwörtlich auseinander! Und erst unsere Eltern, oder hätten deine Verständnis, wenn sie wegen uns verhört würden? Wir bekämen wahrscheinlich allesamt Hausarrest bis zu unserer Volljährigkeit! Und vor allem würde niemand glauben, dass es ein paar gar nicht probiert haben, schon die Tatsache, dass es einer getan hat, genügt!"

„Aber er ist tot! Da muss man doch was tun!"

Alle Kraft schien aus ihr rauszufließen. Sie sank sichtlich zusammen, Verzweiflung machte sich breit. Er war tot! Was konnte sie tun?

Er ist tot! Er ist tot! Er ist tot …

Immer wieder dieser Satz und trotzdem konnte sie nichts begreifen … Ihr war schlecht, es würgte sie beinahe. Die Jungs wussten gar nicht mehr, was sie sagen sollten. Letztendlich saßen sie ganz eng beieinander und hielten sich gegenseitig und doch half es nichts! Noch immer konnte Eva nicht weinen. Sie rauchte und rauchte, als ob sie diese bösen Gedanken wegblasen könnte. Chris gab ihr einen Magenbitter, der sollte angeblich helfen. Aber nichts da, jetzt musste sie sich endgültig übergeben. Sie wollte nachhause, niemanden mehr sehen, nichts denken.

Er ist tot! Sie konnte ohnehin nichts mehr tun!

Warum nur? Warum?

Die beiden Jungs hatten offenbar Angst um sie, deshalb begleiteten sie Eva nachhause. Sie ließen sich nicht abschütteln und brachten Eva bis vor die Türe.

„Bitte pass auf dich auf und mach keine Dummheiten! Wir sind jederzeit für dich da, ruf einfach an. Ich habe hier schon einen Zettel vorbereitet mit allen unseren Handynummern, dann kann so etwas wie heute nicht noch einmal passieren. Übrigens funktioniert dein Handy nicht? Ich habe heute mindestens zehn Mal angerufen und bin immer auf der Mailbox gelandet!"

Eva sah nach: Oje, leerer Akku. Dabei hatte sie es doch über Nacht aufgeladen, wahrscheinlich war es zum Schmeißen, aber das war ihr jetzt auch egal. Alles war egal ...

Sie war leer.

Niemand zuhause. Wenigstens machte ihr keiner Vorhaltungen wegen der männlichen Begleitung. Sie verzog sich in ihr Zimmer und kroch ins Bett. Endlich rannen Tränen, endlich konnte sie weinen!

Er ist tot! Jetzt ist alles aus! Jetzt ist endgültig alles aus!

Sie weinte, bis sie schlief.

— 28. —

Wie kann man so etwas überstehen?

„Hey, Schwesterherz, heute schon im Bett, das ist ja ganz was Neues, bist du etwa krank?" Sie kam näher. „Wie siehst denn du aus? Dein gesamtes Gesicht ist aufgequollen! Hast du geheult?"

Schlagartig war alles wieder da und erneut flossen Tränen.

„Was ist denn da los? Hast du vielleicht Liebeskummer? Na, na, wer wird denn gar so heulen? Das ist doch keiner wert. – Jetzt sag endlich, was ist denn so Schreckliches passiert?"

Eva versuchte es, aber ihre Stimme gehorchte ihr einfach nicht. Sie brachte keinen Ton heraus.

„Jetzt beruhige dich erst einmal. Alles wird wieder gut. Wie sagt man? Bis zum Heiraten ist alles wieder gut."

Eva beruhigte sich einfach nicht. Ihre Schwester brachte ihr ein Glas Wasser.

„Komm, trink zuerst, dann wird es schon wieder."

Das Wasser tat ihr gut.

Langsam trank sie Schluck für Schluck und fühlte die kühlende Wirkung in ihrer Kehle, die vorher wie zugeschnürt war.

„Hat Stefan dir das angetan?"

Eva nickte.

„Na warte, den erwürge ich eigenhändig!"

Erst jetzt schaffte es Eva zu antworten.

„Nicht mehr nötig, er ist bereits tot!"

Nun musste sich Irene setzen.

„Sag das noch mal! Was ist er?"

Eva begann zu erzählen.

Es dauerte eine Weile, bis Irene alles verstand. Sie hatte vorher noch nie davon gehört.

„Von dieser ‚Schnüfflerei' hast du nie etwas erwähnt! Sei nur froh, dass Mama und Papa nichts davon wissen. Halt bloß deinen Mund! Stell dir vor, da marschiert die Gendarmerie an und verhört uns alle, dann haben wir auf unbestimmte Zeit ‚Hundstage'[24]. Na bravo! Gar nicht auszudenken."

„Aber, man muss doch …!"

„Gar nichts musst du! Er ist doch schon tot! Jetzt ist da nichts mehr zu ändern, das hättest du dir schon vorher überlegen müssen!"

Eva starrte sie an. Da wurde ihrer Schwester bewusst, was sie da gesagt hatte.

„Mach dir keine unnötigen Gedanken, wenn er so blöd war, ist er doch selbst Schuld …, da kannst du doch nichts dafür, du bist doch nicht für ihn verantwortlich! Schließlich hatte er ja noch seine Eltern. Da sieht man es wieder, die Eltern beziehungsweise alle Erwachsenen merken immer alles erst zuletzt und wenn nicht etwas Gravierendes passiert, merken die gar nichts!"

Eva heulte. Ihr war hundeelend. Abermals verließ ihre Schwester das Zimmer. Wenn sie nur aufhören könnte dauernd nachzudenken. Hundert Gedanken rasten ihr durch den Kopf und keinen einzigen konnte sie zu Ende bringen. Irene brachte noch ein Glas Wasser und ein braunes kleines Fläschchen.

„Komm, nimm das, es wird dich beruhigen."

Es waren harmlose Nerventropfen aus Kräuteressenzen und Eva nahm einen Plastiklöffel voll davon. Sie kuschelte sich in ihre Steppdecke und legte sich hin.

„Soll ich da bleiben? Willst du reden?"

Ja, sie sollte da bleiben, aber reden wollte sie wirklich nicht mehr. Sie wollte einfach abschalten, nichts mehr sehen, vor allem nichts mehr denken! Irene saß beim Schreibtisch und las, später machte sie gedämpfte Rockmusik und schließlich schlief Eva ein. Ihre Eltern ließen sie in Ruhe, wahrscheinlich hatte Irene sie eingeweiht. Selbst am nächsten Tag akzeptierte ihre Mutter, dass Eva nur einen Kakao trinken wollte. Sie brachte einfach nichts runter, sie hatte nach wie vor einen dicken Kloß im Hals. Sie versuchte die Tageszeitung durchzublättern und sich auf etwas anderes zu konzentrieren. Doch da stand Folgendes:

St. Veit.

15-jähriger lag tot im Bett

Völlig unerwartet und auf rätselhafte Weise verstarb in der Nacht auf Freitag in seiner elterlichen Wohnung in St. Veit, Dammgasse, der 15 Jahre alte Hauptschüler Stefan Josef G. Die Eltern konnten es kaum

> Das war bestimmt ein

fassen, als sie ihr Kind gestern um 6.45 Uhr tot im Bett

> Schock!

auffanden. Stefan Josef G. hatte am Vorabend über Unpässlichkeit und Kopfschmerzen geklagt und war

> Klar, der wollte in Ruhe schnüffeln!

gegen 20 Uhr zu Bett gegangen. Er war lange nicht in ärztlicher Behandlung und klagte vorher über

> Er strotzte ja vor

keine Schmerzen. Zur Feststellung der Todesursache

> Gesundheit!

wurde die sanitätspolizeiliche Leichenöffnung ver

> Warum er wohl gestorben ist?

anlasst.

> Hat er zu viel erwischt?

Eva begann wieder zu weinen, ihre Mutter bemerkte es und kam wortlos zu ihr an den Tisch. Eva hielt ihr einfach den Artikel hin.

„Ist das nicht der Junge, mit dem du noch vor Schulschluss für die letzte Englischschularbeit gelernt hast?"

Eva nickte.

„Die hat er dann auch gut geschafft, oder?"

Eva nickte wieder.

„Einfach schrecklich, so ein junger Mensch, was der wohl gehabt hat?"

Irene hatte also nichts verraten.

„Es ist schlimm, wenn man in deinem Alter mit dem Tod eines Gleichaltrigen konfrontiert wird. So ein armer Junge! Der hatte doch noch das gesamte Leben vor sich! Und erst die Eltern! Ich kenne seine Mutter, so eine fleißige, freundliche Person."

Eva hörte gar nicht mehr hin. Ihre Kopfschmerzen wurden unerträglich. Nachdem sie jedoch genau wusste, dass ihr ihre Mutter auf fast nüchternem Magen sicher keine Schmerztablette genehmigen würde, begab sie sich selbst ins Bad und holte sich eine aus dem Medikamentenschrank. Sie schluckte sie auch auf die Gefahr hin, dass sie Magenschmerzen bekäme, sie hatte ohnehin einen dicken Kloß im Hals und einen ganzen Felsen im Magen, schlimmer konnte es nicht mehr werden. Ihre Mutter ging einkaufen. Eva wartete, bis sie weg war, schrieb ihr eine Nachricht auf einen Zettel und fuhr los. Wo sollte sie hin? Zur Hütte? Zu Mischa? Christoph? Egal, nur einmal raus, die frische Luft tat ihr gut. Als Erstes steuerte sie doch die Hütte an. Schon von Weitem sah sie, dass die Tür offen war. Gott sei Dank, es war jemand da! Die Jungs saßen versammelt in der Hütte und sahen ziemlich niedergeschlagen drein.

Alfred hatte sich in eine Ecke gekauert und schluchzte fürchterlich. Eva setzte sich zu ihm und streichelte ihm über den Rücken. Er ließ es geschehen und beruhigte sich ein bisschen. Erst nach einer Weile fragte sie: „Hallo, gibt es was Neues?"

„Glaube nicht, jetzt ist erst einmal Wochenende, da tut sich nicht viel!", meinte Mischa.

„Und von der Gendarmerie?"

„Gar nichts! Die arbeiten erst, wenn die Obduktion auf einen unnatürlichen Tod hinweist. Außerdem bin ich über jeden Tag froh, an dem die uns noch in Ruhe lassen. Wer weiß, was da noch alles auf uns zukommt."

„Sollten wir nicht freiwillig …? Vielleicht erscheint das dann in einem anderen Licht! Und weißt du, wie vielen das noch gezeigt wurde … und wenn die auch …?"

Davon wollten die anderen nichts wissen. Deren eigenes Problem, meinten sie.

„Aber die wissen ja gar nicht, wie gefährlich es ist und dass man sogar daran sterben kann!"

„Jetzt halt doch endlich deine blöde Klappe!" Christoph war empört aufgesprungen.

„Bist du denn gescheiter als die Ärzte? Noch steht gar nichts fest! Du kannst also nicht behaupten, dass er daran gestorben ist."

Eva war fassungslos.

„Woran denn sonst, er war kerngesund und sportlicher als ihr alle, das wisst ihr genauso gut wie ich! Da stirbt man nicht mit fünfzehn, einfach so im Bett liegend!"

Sie musste unbedingt eine rauchen. Jetzt war es doch egal, ob sie rauchte oder nicht!

Mischa, der Moralapostel: „Rauchen ist auch keine Lösung! Ich dachte, du hast aufgehört?"

„Das weiß ich, aber ich bilde mir ein, es hilft!"

Schweigen. Jeder hing seinen eigenen Gedanken nach. Eva holte sich eine Limo. Ihr Hals war furchtbar trocken. Christoph rückte zu ihr und legte seinen Arm um ihre Schultern.

„Es geht uns allen gleich beschi...! Irgendwie müssen wir da durch!"

Eva reagierte nicht, sie dachte nur: „Wie kann man so etwas überhaupt überstehen?"

29.

Man lebt wie in Trance!

Sie blieb noch eine Weile und wollte eigentlich noch einiges sagen, aber ihr fehlte die Kraft dazu! Die Stimmung war sehr gedrückt und Eva fühlte sich unverstanden. Obwohl alle mit demselben kämpften, ging es für jeden doch um etwas anderes. Vor Stefans Elternhaus waren wieder viele Autos. Wenigstens war seine Mutter nicht allein. Einen Moment lang hatte Eva das Bedürfnis reinzugehen, sie mochte seine Mutter. Sie hätte ihr so gerne gesagt, wie Leid ihr das alles tat. Konnte sie ihr überhaupt je wieder in die Augen sehen? Würde sie erfahren, dass Eva von seiner Sucht gewusst hatte? Wie würde sie dann darauf reagieren? Eva fuhr zu ihrem Lieblingsplatz, sie konnte noch nicht nachhause.

Was hätte sie denn tun können? Warum war sie nicht allein zu der Beratungsstelle gefahren? Die hätten Rat gewusst! Nein, so in Ferndiagnose? Sie hat doch versucht ... Stefan dachte, er hätte alles im Griff! Er war ja so cool, ihn konnte nichts erschüttern! Immer fröhlich, immer frech! Ständig einen Spruch auf Lager und dauergrinsend! Für jeden einen guten Rat parat! Und jetzt? Außerdem wollte er ohnehin aufhören! Warum hatte sie sich nicht früher mit ihm versöhnt, blöde „Herumspinnerei"! Sie war einfach stur, aber er auch. Musste er überhaupt mit diesem Zeug anfangen? Warum musste? Wollte er? Irgendwie hatte ihn das doch fasziniert, sonst hätte er es nicht immer wieder getan! Teufelszeug! Saublödes Teufelszeug! Wer hatte das überhaupt herausgefunden, dass man davon high wurde? Sie wäre ihr Leben lang nicht auf die Idee gekommen! Gab es nicht auch Kids, die Uhu kauten, um ein Rauschgefühl zu haben?

Wie konnte man die anderen warnen? Was war, wenn …

Ihr war kalt. Trotz Sommerhitze hatte sie eine Gänsehaut. Jetzt wollte sie nachhause. Ab ins Bett, unter die Decke, keinen mehr sehen und vor allem schlafen, vielleicht konnte sie ein wenig schlafen. Eva fühlte in sich hinein. Ihr war noch immer kalt, natürlich hatte sie Kopfschmerzen und sonst? Immer noch der riesengroße Kloß im Hals und im Magen. Die Augen brannten, sie weinte schon eine Zeit lang, merkte es aber erst jetzt. Ihre Füße, sie spürte ihre Füße nicht mehr. Sie griff mit ihrer Hand danach, die waren eiskalt! Vielleicht starb sie auch, ganz langsam, jeden Tag ein bisschen vor lauter Kummer. Das Leben lohnte sich ohnehin nicht mehr. Sie fühlte sich wie gelähmt. Sie wollte nichts mehr, nein, sie konnte nichts mehr, nicht einmal schlafen.

„Hallo, Eva-Schatz, schon wieder im Bett? Wieder geheult?"

Es war ihre Schwester. Eva antwortete nicht. Sie konnte auch nicht mehr sprechen.

„Eigentlich ist es nebenbei ganz angenehm, wenn meine rotzfreche kleine Schwester einmal so ruhig ist! Könnte man ja fast genießen. Spaß beiseite, du siehst elend aus. Ich hol dir was zu trinken."

Weg war sie, aber sie kam ja wieder. Eva wollte einfach nur in Ruhe gelassen werden.

„Da, trink und nimm 30 Tropfen, vielleicht hilft es? Übrigens habe ich Mama überredet, dir heute Abend länger Ausgang zu geben. Ich gehe aufs Feuerwehrfest und du darfst mit. Das ist doch cool oder, und du kommst endlich auf andere Gedanken. Sind bestimmt viele tolle Typen da. Na, wie habe ich das gemacht? Ich kann ja auch nett sein."

Eva starrte sie fassungslos an. War die nicht ganz bei Trost?

Das Feuerwehrfest war sicher das Letzte, was sie heute interessierte!

„Komm, raus aus den Federn! Wasch dir dein Gesicht mit eiskaltem Wasser, dann kriegst du deine verschwollenen Augen schon in den Griff. Wir haben ja noch Zeit, Andi holt uns erst um halb neun ab. Was essen musst du auch, sonst kannst du nichts trinken."

Eva drehte sich einfach zur Wand, aber Irene gab nicht auf. Sie kam ans Bett.

„Na, na, wer wird denn gar so traurig sein? Steh auf! Es ist Zeit, dass du auf andere Gedanken kommst. Du grübelst viel zu viel."

Sie erfasste Evas Schulter. Eva schüttelte sich und verneinte. Sah Irene denn nicht, dass sie gar nicht konnte, nicht wollte, gar nicht wollen konnte. Aber Ausdauer war nicht ihre Stärke.

„Na gut, wenn du partout nicht willst, kann ich dir auch nicht helfen, aber sage nachher nicht, ich hätte es nicht versucht! Mama und Papa kommen erst später, sie sind auf Verwandtschaftsbesuch in Untermühlbach und du weißt, das ist ein heißes Pflaster, da wird es meist später, wahrscheinlich waren sie deshalb so großzügig!"

Wirklich tolle Hilfe! Sah sie denn nicht, wie es ihr ging? Hau doch ab, hau doch einfach ab, haut doch alle ab und lasst mich hier in Ruhe verrecken! Aber weint nachher ja nicht! Wie war denn das überhaupt, wenn man starb? Der Körper okay, der war tot, funktionslos, aber was passierte mit den Gedanken, den Gefühlen? Starben die auch, wo blieb dann die Energie oder wie immer man das nennen wollte? Eva philosophierte noch ein bisschen und Irene kramte im Kleiderschrank.

„Meinst du, es wird kühl? Ach, wenn mir kalt ist, schaue ich einfach, dass ich wieder zum Tanzen komme."

Eva zuckte mit den Schultern, aber Irene hatte sie ohnedies nicht beachtet. Sie sprach mehr mit sich selbst. Nach Längerem hin und her hatte sie sich endlich entschieden und verzog sich mit den Klamotten ins Bad. Eva war bereits eingeschlafen. Leider nicht für lange, denn Irene war nicht gerade leise und trabte noch etliche Male aus und ein. Trotzdem rührte sich Eva nicht und blieb mit offenen Augen, aber mit dem Gesicht zur Wand liegen. Sie musterte die feine Körnung der Mauer. Wie oft Papa die wohl schon gestrichen hatte? Wenn man ganz genau schaute, ergab das fast ein Muster oder eine Landschaft, vielleicht eine mit vulkanischem Gestein. Zart streifte sie mit ihren Fingern drüber. Manche Stellen waren noch immer ziemlich rau, andere wiederum fühlten sich sehr fein an. Sie drehte sich um.

„Bringst du mir bitte noch ein Glas Wasser?"

„Was hätten Madame denn sonst noch für Wünsche? Eventuell einen kleinen Imbiss?"

„Nein danke, nur ein Glas Wasser."

„Erledige ich doch glatt."

Das Wasser fühlte sich gut an in ihrem trockenen Hals. Wenn sie nur schon weg wäre. Sie brauchte immer ewig, bis sie glaubte ausgehfertig zu sein. Die Zeit verging auch nicht, Andi kam erst in einer guten Dreiviertelstunde.

„Willst du nicht doch mit, es ginge sich noch aus."

Eva verneinte. Scheinbar interessiert griff sie zu einer Zeitschrift und tat, als ob sie begeistert läse. Wahrscheinlich war das die letzte Zeitschrift in ihrem Leben, so einen Schund brauchte sie nicht mehr. All die künstlichen Probleme und die niedlichen Aufklärungsgeschichten, plötzlich kam ihr all das so lächerlich vor und diese künstlichen Stars so abgehoben von der Realität. Allein die kreischende Masse rundherum widerte sie an. Gute Musik, okay, aber warum wurden die immer gleich derart hysterisch? Endlich war Irene wieder im Bad, sie schminkte sich, jetzt würde es nicht mehr lange dauern, bis sie weg war. Endlich Ruhe. Sie ließ die Zeitschrift sinken. Abermals Tränen. Über welche Dinge sie da nachgedacht hatte, obwohl Stefan tot war. Wie lange und wie oft konnte man überhaupt weinen? Hatte der Körper immer noch genug Tränenflüssigkeit? Wie lange würde dieser Kloß bleiben? War der nicht im Moment noch im Wachsen? Wenn das so weiterging, war sie in ein paar Tagen klapperdürr! Vier Kilogramm hatte sie bereits abgenommen. Sie hatte schon ein Weilchen nicht mehr unter fünfzig gewogen, aber jetzt ... Hoffentlich merkte es Mama nicht, sonst hörte sie wieder nicht auf sie zu bedrängen. Am liebsten hätte sie eine Tablette oder eine Spritze, von der man drei Tage lang durchschliefe oder die zumindest das Denken und Fühlen einstellen könnte. Sie lebte wie in Trance, so als ob sie gar keine Macht mehr über sich selbst hätte. Auch ihr Körper streikte: kein Hunger, keine Kraft, ... ihr Geist erst recht! Keine Konzentration, oft wirre Gedankensprünge und keine Lust auf irgendwas! Zeitweise kam es ihr vor, als sei sie gar nicht sie selbst, als schaue sie sich von außen zu!

Wenn sie wenigstens Melitta erreichen könnte. Einmal so richtig tratschen, sich verstanden fühlen. Wusste sie schon etwas? Vielleicht hatte sie es in der Zeitung gelesen. Bestimmt nicht, sonst hätte sie sich schon gemeldet!

Warum war das Leben so grausam? Was hatte sie nur getan? Wie könnte sie je wieder normal weiterleben?

Endlich schlief Eva ein. Irgendwann hörte sie ihren Vater singend die Treppe erklimmen und obwohl seine Frau, ihre Mutter, andauernd „Psssst" zischte, ließ sich ihr Vater nicht beirren. Halb zwei, die hatten aber lange ausgehalten. Eva drehte sich um und wollte weiterschlafen. Keine Chance, ihr Kopf rotierte wieder. Schließlich drehte sie sich auf den Rücken und versuchte sich zu entspannen, sie fühlte sich auch unendlich müde, wie erschlagen, aber Schlaf wollte sich trotzdem keiner mehr einstellen. Immer wieder suchte sie Antworten auf alle möglichen Fragen. Ihre Schwester kam heim, auch nicht ganz leise. Eva stellte sich schlafend. Sie wollte jetzt auf keinen Fall mit ihr reden, sonst könnte sie sich noch wer weiß wie lange anhören, wie toll das Fest gewesen sei, wer alles da war und mit wem sie getanzt hatte. Eva hatte absolut null Bock drauf! Die Zeit kroch dahin und erst beim ersten Morgengrauen konnte Eva wieder einschlafen.

30.

Woran bist du gestorben?

Eva erwachte um halb zehn, ihre Schwester schlief auch noch. Wieder schmerzte ihr Kopf. Vielleicht hatte Mama schon Kaffee gekocht. Ein frischer Kaffee und ein weich gekochtes Ei, dazu ein Butterbrot mit Salz, das wäre schon was.

„Wie fühlst du dich, mein Mädchen?"

„Es geht so."

„Melitta hat angerufen, schöne Grüße. Sie arbeitet in Launsdorf, es gefällt ihr ganz gut, nur sonntags ist immer brutal viel los."

Sie sah auf die Uhr.

„Um neun begann ihr Dienst, sie hat kurz vorher angerufen, jetzt hat sie leider keine Zeit mehr. Sie will sich morgen oder übermorgen wieder melden."

Eva nickte nur, sie hatte das Telefon gar nicht läuten gehört. Schade. Mama richtete ihr alles auf den Tisch, Eva brauchte nur noch zuzulangen und zu essen. Das Ei schmeckte sogar, aber vom Brot schaffte sie nur ein paar Bissen. Wenigstens war ihr Magen nicht mehr leer, auch ihr Kopfweh ließ ein wenig nach.

„Was macht ihr denn heute?"

„Papa schläft noch, es war ziemlich spät gestern. Am Nachmittag will er in den Wald Schwammerl suchen, vielleicht finden wir genug, dann gibt es ein Gulasch. Papa kennt ja gute Plätze, aber es ist recht trocken, dann wachsen sie nicht so besonders."

Eva nickte nur. Sie beschäftigte sich mit der Tageszeitung, aber eigentlich nur um nicht reden zu müssen. Ihre Mutter verstand und war wieder damit beschäftigt Frittatenteig herauszubacken. Eva verschwand mit der Zeitung im Garten und legte sich in einen Liegestuhl, mit dem Oberkörper im Schatten, so konnte man gut lesen. Sie nickte sogar kurz ein. Ihr Papa weckte sie. Zeit zum Salatwaschen. Im Sommer wurde das herunten bei einem Brunnen erledigt. Stinklangweilige Tätigkeit, Eva hasste das Salatwaschen. Am Nachmittag wollte sie zur Hütte, ein wenig tratschen. Vielleicht gab es etwas Neues. Die Frittatensuppe schmeckte wunderbar, von der Hauptspeise aß sie nur das Püree und etwas Salat. Ihre Mutter meinte gar nichts dazu. Sie half rasch beim Küchendienst und anschließend rauschte sie ab. Keiner meckerte. Vielleicht war ihre Mutter heute einfach zu müde. Ihre Schwester wirkte auch nicht gerade taufrisch. Sie wollte sich im Garten noch ein wenig ausruhen. Das Radfahren bereitete Mühe. Hatte sie einen zu hohen Gang, nein, gleich wie immer, trotzdem brauchte sie heute viel Kraft. Alfred war da. Er saß auf der Couch und weinte. Eva setzte sich zu ihm und legte ihren Arm über seine Schultern.

„Ach Alfi, könnte ich dir nur irgendwie helfen!"
Er schluchzte.
„Er war mein einziger Freund!"
„Das stimmt doch nicht, wir sind doch alle deine Freunde!"
„Ja, aber ihr lacht hinter meinem Rücken über mich und glaubt, ich merke es eh nicht. Er hat das nie gemacht, er war mein Freund!"
Eva streichelte ihm zart über den Rücken und schwieg. Ihr fiel einfach nichts Passendes ein. Irgendwie verrückt, aber von ihrer vorlauten, selbstsicheren und oft frechen schlagfertigen Art war nichts mehr übrig. Ihr Kopf war leer und ihre Seele auch.

„Er war auch mein liebster Freund! Ich habe ihn auch nicht mehr. Wenn ich die Zeit nur zurückdrehen könnte, ich würde heute alles anders machen!"

„Ja, hinterher ist man immer gescheiter."

Beide saßen ziemlich betropft da. Einvernehmlich rauchten beide. Komisch, sie hatte vorher mit Alfi nicht viel anfangen können, aber jetzt fühlte sie sich ihm ganz nahe. Auch Stefan hatte über ihn gelacht, trotzdem hatte er eine eigene Art gehabt mit ihm umzugehen. Er vermittelte Alfi das Gefühl wichtig zu sein und gebraucht zu werden, und vor allem hatte er ihn nie so offensichtlich weggeschickt wie die anderen, so mit der Bemerkung: „Das ist nichts für kleine Kinder!", sondern immer hatte er ganz dringend etwas gebraucht und Alfi sprintete sofort los, um es seinem Stefan zu organisieren. Alfi hatte auf diese Art gar nicht gemerkt, dass es auch ein Wegschicken war. In der Hütte war es Eva, als spürte sie noch immer Stefans Nähe, wahrscheinlich wegen der vielen Erinnerungen. Jetzt weinte sie und Alfi hielt sie fest.

„Gibt es eigentlich was Neues?"

„Ach, hat es dir noch niemand erzählt? Ich dachte, Erwin oder Masche hätten dich angerufen."

„Nein, keinen blassen Schimmer, erzähl schon."

„Stefans Mutter hat es Christophs Mama erklärt und die hat mit Masches Mutter …"

„Alfi! Das interessiert mich nicht! Sag mir bitte nur, was sie gesagt hat! Denk bitte nach!"

„Ja, warte, wie heißt das noch …"

„Komm, denk nach!"

„Ja, ja ich weiß es schon, Stefan ist erstickt!"

„Aber Alfi, red doch keinen Stumpfsinn, warum soll er denn erstickt sein?"

Sie war zornig. Er war jetzt ganz aufgeregt und stotterte mühsam. Kritik vertrug er ganz schlecht, dann wurde er immer gleich zornig und begann zu stottern, wenn dann noch jemand lachte, brachte er gar kein Wort mehr heraus.

„Du, du … glau… bst mir nicht! Aber ich bin nicht dumm!"

„Ich weiß, Alfi … aber leider kannst du dir nichts merken und verstehst oft vieles falsch!"

Beruhigend legt sie ihre Hand auf seinen Arm. Es nützte ja doch nichts.

„Ich verstehe nur nicht, wie das gehen soll?"

„Ga … nz einfach, er hat er … erbrochen."

„Komm ich trotzdem nicht mit, wie kann man da ersticken?"

Alfi dachte nach, er suchte nach den passenden Worten, um es ihr näher zu erklären.

„Er lag am Rücken, wahrscheinlich war er eingeschlafen, weil er …, weil er … so wie besoffen war, du weißt schon …, ihr sagt immer anders dazu, aber ich kann mir das nicht merken …, von dem blöden Zeug. Ich darf es nicht mehr sagen, die anderen haben es mir verboten … wegen der ‚Bullen'. Meine ‚Alten' (ausnahmsweise stimmte es, seine Eltern waren beide über sechzig, er war ein krasser Nachzügler) lassen mich sonst gar nicht mehr weg, wenn die da draufkommen."

Also doch! In Evas Kopf rotierte es! Ab morgen, hatte er gesagt und nicht geahnt, dass es kein Morgen mehr geben würde! Gab es was Ärgeres? Vielleicht wollte er wirklich nur noch einmal …

Eva registrierte Alfi erst wieder, als er sie an den Schultern rüttelte.

„Was ist denn?"

„Du hast gar nichts mehr gesagt!"

„Was soll ich denn noch sagen? – Alfi, schnüffelst eigentlich du noch? Lüg mich nicht an, du hast das sicher öfter mit Stefan gemacht!"

Ängstlich starrte er sie an.

„Jetzt sag schon!" Sie schwächte ab. „Ich verrate schon nichts, keine Angst!"

„Ich hab einmal so gekotzt, eh hier auf den Teppich, musste alles wieder putzen, bäh, war das grauslich, und dann habe ich aufgehört, mag ich nicht mehr!"

Eva sah ihn eindringlich an, sie glaubte ihm.

„Ich habe nur Angst um dich, du siehst ja was mit Stefan passiert ist!"

Beide schwiegen. Erwin kletterte herauf.

„Hallo, ihr beiden. Hast du schon das Neueste gehört? Stefan ist an seinem eigenen Erbrochenem erstickt, so ein Blödsinn. Wahrscheinlich hat er das in seinem Zustand nicht mehr gemerkt."

„Alfi hat es mir gerade erzählt, warum habt ihr mich nicht angerufen?"

„Mein Guthaben ist alle und Masche war nicht zuhause."

„Was weißt du sonst noch?"

„Angeblich hat man ihm das gar nicht angesehen, er soll ganz friedlich am Rücken gelegen haben und natürlich ist sonst noch nichts bekannt. Keine Ahnung, ob man das überhaupt nachweisen kann."

Du bist also doch daran gestorben, ich wusste es!

31.

*Nur nichts verraten,
jeder ist sich selbst der Nächste!*

Eva war aufgesprungen.
„Ist auch egal, wir sollten trotzdem die Wahrheit sagen!"

„Eva, bitte beruhige dich, ich weiß, das alles ist ganz schrecklich für dich, aber wir werden uns nicht selbst mehr Schwierigkeiten machen, als wir ohnehin schon haben."

„Und die anderen?"

„Welche anderen?"

„Die, die alle das Schnüffeln ausprobiert haben, das ist bestimmt weitererzählt oder auch gezeigt worden. Hat Stefan nicht auch einmal gemeinsam mit Lilo geschnüffelt? Und einmal war ein Junge aus seiner Klasse da, der wirkte auch zugedröhnt und … wer weiß ich noch alles …! Wenn es was helfen würde, finge ich sofort an es laut rauszuschreien!"

„Die werden davon erfahren und selbst ihre Schlüsse daraus ziehen, dafür bist doch nicht du verantwortlich!"

„Und wenn nicht?"

„Du rauchst doch auch und weißt selbst, wie schädlich es ist!"

„Das ist erstens kein guter Vergleich und das Einzige, was dir dazu einfällt, außerdem stirbt man, wenn überhaupt, erst nach Jahrzehnten daran! Unser Nachbar wurde über hundert und hat immer geraucht."

Eva fühlte sich müde, einfach kraftlos und außerdem unverstanden.

„Warum willst du unbedingt jetzt, wo es so oder so schon zu spät ist, alles aufwiegeln, hättest du doch vorher gehandelt."

Das saß! Sie sah ihn fordernd an.

„Ach so ich, ich bin nun Schuld? Und ihr, ihr wart genauso seine Freunde, warum hat von euch niemand reagiert? Ihr seid alle älter als ich. Masche darf sogar schon Auto fahren und tut sonst auch immer obergescheit, aber ich, ich hätte es ja besser wissen sollen …!"

Ihre Stimme überschlug sich.

„Wir hätten es seiner Mutter sagen müssen! Ich wollte ihm das nicht antun und ihr habt es ebenso wenig getan!"

„Und du glaubst, das hätte ihn gerettet?"

„Ich weiß es ja auch nicht …" Sie heulte. „Ich weiß bald gar nichts mehr!"

„Lass es, wie es ist, wenn es ans Tageslicht kommen soll, wird es das sowieso und wenn nicht, umso besser. Wir sind uns da alle einig, außerdem haben wir nichts getan. Du doch auch nicht, oder? Du warst doch auch immer strikt dagegen! Und so viel ich weiß, hast du es nicht einmal probiert!"

„Ja, aber …"

„Nichts aber, denk am besten nicht mehr nach, du machst dich nur selber fertig!"

Eva wollte noch vieles sagen, aber ihre Gedanken gerieten durcheinander, sie konnte sich nicht auf eines konzentrieren. Warum verstanden die anderen ihre Ängste nicht? Was war schon ein „Zores" zuhause gegen einen Toten? Vielleicht folgten noch weitere, nur weil …

Alfi hatte sich in die Diskussion überhaupt nicht eingemischt. Er sah nur von einem zum anderen und hatte augenscheinlich Angst.

„Bitte verratet mich nicht!"

Er begann zu weinen.

„Meine Mama versteht das nie!"

„Siehst du, was du angerichtet hast! Beruhige dich, Alfi, niemand verrät etwas."

Eva hatte genug. Zornig grabschte sie ihren Rucksack, fluchtartig verließ sie die Hütte und fuhr zu ihrem Lieblingsplatz. Aber auch dort hielt sie es nicht lange aus und machte sich auf den Weg nachhause, denn wenn sie Glück hatte, war sie da ohnehin allein.

Na, wer sagt es denn – heilige Ruhe am Sonntagnachmittag. Sie schmiss sich vor die Glotze und stellte den Musikkanal ein. Sie wollte sich einfach berieseln lassen, ein wenig abschalten.

Ihr Kopf dröhnte. Ob ihre Eltern noch im Wald waren? Hoffentlich wollten sie nachher nicht ihre Hilfe beim Schwammerlputzen. Blöde Musik, sie schaltete ab und begab sich ins Zimmer. Am Rücken liegend starrte sie zur Decke. Der Kloß im Hals wurde stetig dicker und der Druck in den Augen immer größer. War sie nicht schon leer? Warum weinte sie? Um ihn? Ja, er fehlte ihr, aber noch viel schlimmer waren ihre Schuldgefühle!

Sie hätte es verhindern können!

Wenn sie doch nur ihren Mund aufgemacht hätte! Beratungsstelle, Mutter ... egal. Sie war doch sonst auch so ein Großmaul! Was hatte sie in der Schule alles aufgeführt! Von Unterschriftenaktionen, um den Lehrern ihren Unmut zu zeigen, bis hin zur direkten Konfrontation, sogar mit dem Herrn Direktor. Und immer hatten alle ihren Mut bewundert. Und dann kam es einmal im Leben wirklich drauf an und sie versagte kläglich!

Wäre er sonst noch am Leben? Oder hätte er da auch noch ein letztes Mal geschnüffelt und es wäre genauso passiert?

Aber dann fühlte sie sich nicht derart schuldig! Ihr war doch klar, dass er nicht ohne sein konnte, aber seine souveräne Art hatte sie immer wieder überzeugt. Es war doch um so vieles einfacher, immer an das Gute zu glauben als selbst zu handeln! Wie dumm war sie doch! Ständig hatte sie sich vorgenommen ihm ordentlich den Kopf zu waschen und kaum war sie in seiner Nähe, fehlten ihr die Worte und rasch war jeder Zorn verflogen. Ihr toller Stefan küsste sie und die Welt war in Ordnung! Wann wäre sie denn aufgewacht? Nach Wochen oder gar Monaten? Hätte sie ihre Drohungen jemals wahr gemacht? Wohl eher nicht, sonst hätte sie ebenso gut früher handeln können. Aber wer hätte denn gedacht, dass er gleich sterben würde? So leicht stirbt es sich doch sonst nicht, oder – verrückt, es war einfach verrückt! Ihr starker Typ, von allen bewundert, umschwärmt. Allein wenn sie an die Zeit im Schulhof dachte ... Wie er da so unverschämt grinsend an der Säule gelehnt hatte und vor allem Mädchen um sich herum. Und ausgerechnet sie hatte er auserwählt! Und jetzt! Die Tränen brannten auf der Haut. Sie musste sich unbedingt schnäuzen. Unten wurde die Haustüre aufgesperrt. Ab ins Bad, sie wollte nicht schon wieder so verheult aussehen. Das kalte Wasser ins Gesicht, das tat ihr gut! Langsam fasste sie sich wieder.

Es half alles nicht, er war und blieb tot!

„Eva, kommst du, hilf uns ein wenig!"

Hatte sie es doch gewusst! Andererseits – vielleicht konnte sie sich nett mit ihnen unterhalten, sie wäre abgelenkt und die Zeit verginge auch schneller. Vielleicht ergab sich morgen etwas Neues. Toll, wie sie ihre Probleme vor sich herschob und auf eine Lösung hoffte, möglichst von allein! Jeder war sich selbst der Nächste und bloß nicht die Hände schmutzig machen, konnte ja was kleben bleiben! Pfui, manchmal schämte sie sich vor sich selber!

32.

Das Begräbnis

Es funktionierte tatsächlich. Eva gelang es sogar ein paar Mal zu lächeln. Ihr Papa war auch manchmal urkomisch. Nur, nach jedem Lächeln fühlte sie sich schlagartig fürchterlich mies. Wie konnte sie lächeln, wenn er tot war? War sie deshalb schlecht?

Was hatte Papa gerade erzählt, sie musste sich besser konzentrieren und nicht ständig abschweifen. Er war doch so oder so tot! Ob er sie beobachtete?

Sie brauchten eine ganze Stunde, um alle Schwammerl zu putzen. Aber jetzt war es Abend und Eva legte sich auf die Couch vor die „Glotze". Ein Krimi, wenigstens war er spannend und Evas Gedanken schweiften nicht so oft ab. Anschließend ging sie schlafen. Sie versuchte noch ein bisschen zu lesen. Das half – Buch weg, Licht aus und wirklich, sie konnte gleich einschlafen.

Am nächsten Tag erwachte sie erst um halb neun und erstaunlicherweise fühlte sie sich sogar erholt. Sie war in der Nacht weder aufgewacht noch hatte sie etwas geträumt. Nur war sofort wieder alles präsent. Wenn man nur davonlaufen könnte. Das Frühstück ließ sie ausfallen, sie trank nur einen Kakao. Mama konnte nicht meckern, denn sie war einkaufen und Papa im Dienst. Sie machte freiwillig ihr Bett und ging dann in den Garten, um gemütlich in der Zeitung zu blättern.

„Du liegst hier faul herum und in deinem Zimmer erstickt man fast vor Staub."

Typisch Mama, sie konnte es nicht mit ansehen, wenn man es sich einmal gemütlich machte.

Stimme nicht, das könne sie sehr wohl, jedoch erst, wenn alles blitzblank sauber, die Wäsche gebügelt und der Garten gejätet wäre, also fast nie. Eva rappelte sich auf und machte sich an die Arbeit. Mama würde vorher ohnedies keine Ruhe geben und besser jetzt als am Nachmittag, wenn es noch heißer war.

Das Bücherregal war gleich fertig. Am schlimmsten fand Eva das Bord mit all den kleinen Sammelstücken, aber trotzdem wollte sie nichts wegwerfen. Das hieß also: alles runter, abwischen und wieder raufklauben und schön arrangieren. Ein Poster hatte sich von der Wand gelöst, rasch klebte sie es an. Nach dem Essen wollte sie heute ins Freibad. Endlich ins kühle Wasser, einige Längen schwimmen, das würde ihr gut tun. Wenn von den anderen keiner da war, wollte sie am Abend bei Erwin vorbeifahren.

„Essen kommen!" Sie war ziemlich fertig. Manches kochte Mama einfach herrlich. Das Schwammerlgulasch heute mit frischen Kartoffeln, einfach wunderbar.

„Hast du es in der Zeitung gesehen? Am Mittwoch ist das Begräbnis von Stefan. Gehst du hin?"

Eva erstarrte.

„Was willst du denn anziehen, mit diesen Schlapperjeans kannst du nicht hin, das gehört sich nicht!"

Sonst hatte sie natürlich keine Sorgen!

„Aber du hast ja einen schwarzen Rock und schwarze Leinenschuhe, dazu die weiße Bluse oder du nimmst ein schwarzes T-Shirt."

Eva hörte gar nicht zu. Ihr war ganz flau im Magen. Ihr zweites Begräbnis. Das erste war das ihres Opas, damals war sie elf, aber der war über siebzig und schwer krank, das war etwas anderes. Mit der Ausrede, ihr Zimmer noch fertig putzen zu müssen, rauschte sie ab. Am liebsten hätte sie eine geraucht, aber das war ihr doch zu gefährlich. Zwar rauchte ihr Papa auch im Haus, aber trotzdem.

Am Mittwoch schon, das ging ja schneller als erwartet. Sie wollte ihm unbedingt eine rote Rose nachwerfen, eine ganz schöne dunkelrote. Aber jetzt wollte sie trotzdem baden gehen, es war ganz schön heiß und außerdem änderte sich auch nichts, wenn sie zuhause hocken blieb.

Schnell die Handtücher, Bikini, etwas zu trinken, ein Buch und ein paar Äpfel in den Rucksack gepackt und ab die Post.

„Wann kommst du wieder?"

Immer dasselbe Spiel.

„Wie üblich, spätestens um acht."

Ah, der Fahrtwind war fein, aber bloß nicht zu eifrig in die Pedale treten, sonst käme sie ins Schwitzen. Noch keiner da. Sie verzog sich hinter die Büsche, um erst einmal eine zu rauchen. Da war Schatten, angenehm. Gemütlich legte sie sich in die Sonne, Handtuch über den Kopf, fein, beinahe wäre sie eingenickt. Erwin kam gerade.

„Hi, hast du es schon gehört, am Mittwoch wird er begraben."

„Weiß ich aus der Zeitung, und sonst, gibt es was Neues?"

„Seine Mutter erzählte, die Obduktion sei abgeschlossen und Todesursache eindeutig Ersticken."

„Klar, aber nur als Folge vom Schnüffeln, weil er zu viel erwischt hat. Alle, die zu viel erwischt haben, mussten fürchterlich kotzen. Er wird halt kurz davor eingeschlafen sein."

„Bestimmt, außerdem lag er auch noch am Rücken, das war wahrscheinlich ausschlaggebend!"

Sie redeten beide so sachlich, als ginge sie das überhaupt nichts an. Eva wusste nicht, was sie davon halten sollte. Wie konnte sie in aller Ruhe da im Freibad liegen und im Normalton über seine Todesursache diskutieren?

„Kommst du am Mittwoch?"

Er nickte.

„Und Masche, Alfi, Christoph, …?"
„So viel ich weiß, wollen alle hingehen. Vielleicht reden wir uns noch zusammen und treffen uns vorher."
„Okay."
„Entschuldige, aber ich muss mal."
Falscher Fünfziger, ohne sie voher zu fragen, tauchte er mit zwei Eis wieder auf. Eva stand zwar nicht so besonders drauf, aber diesmal fand sie es sehr nett.
„Hast du dich schon etwas beruhigt?"
„Was soll denn das heißen?"
„Du warst ziemlich überdreht seit …"
Überdreht. Am liebsten hätte sie ihm das Eis mitten ins Gesicht gedrückt. Wie sollte man in seinen Augen denn reagieren, wenn der beste Freund starb?
„Du bist ja so cool, so souverän, hast alles im Griff! Sitzt du vielleicht nur hier bei mir, um mich zu beruhigen? Merke dir eines, ich mache, was ich will und wenn ich überzeugt davon bin, dass ich etwas sagen muss, dann tue ich das auch! Davon kannst auch du mich nicht abbringen!"

Sie war aufgesprungen, rannte zum nächsten Papierkorb und warf den Rest ihres Eises hinein.

Als sie zurückkam, war er weg. Logisch – chronischer Feigling! Sie wollte jetzt ins Wasser. Der Rest des Nachmittags verlief ziemlich ruhig. Es ließ sich niemand mehr blicken. Um halb sechs hatte sie endgültig genug und fuhr nachhause.

Sie hatten Besuch. Auch das noch! Freundliches Gesicht aufsetzen, alle begrüßen, wenigstens waren die Kinder nicht mit, also konnte sich Eva wieder vertschüssen. Eva radelte so dahin, als ihr plötzlich einfiel, dass Stefan ja schon aufgebahrt sein müsste. Sie blieb stehen und kramte in ihrer Brieftasche. Gut. Da war jede Menge Kleingeld, sie wollte sich ein Grablicht besorgen. Mal sehen, aber da waren keine bekannten Autos auf dem Parkplatz, nicht dass die Familie jetzt gemeinsam beim Sarg betete, da wollte sie auf keinen Fall reinplatzen. Zuerst ging sie also rauf in den Friedhof zu einem Automaten und holte ein Grablicht. Der Magen rebellierte und ihr Hals war wie ausgetrocknet. Ein Schluck Wasser, sie brauchte unbedingt einen Schluck. Schnell ins WC: Ah, fein, jetzt war es ein wenig besser. Langsam schritt sie zurück zur Aufbahrungshalle. Noch ein Blick auf den Parkplatz, nein, das Auto seiner Mutter war bestimmt nicht dabei. Beim Eingang brannte die Außenbeleuchtung. Die Tür war riesengroß und schwer, sie musste ihr gesamtes Körpergewicht dagegen stemmen, damit sie diese Tür aufbrachte. Drinnen war es düster. Gleich gegenüber des Eingangs las sie vor dem Sarg auf der Parte seinen Namen. Behutsam ging sie darauf zu. Zitternd machte sie ein Kreuzzeichen und besprengte den Sarg mit Weihwasser. Schnell flüsterte sie ein Vaterunser. Zögernd legte sie ihre Hand auf den Sarg.

„Bist du da drin, bist du wirklich da drin?"

Der Sarg kam ihr so schmal vor, hatten seine breiten Schultern da drinnen Platz? Das konnte sie sich einfach nicht vorstellen. Es würgte sie. Tränen stiegen hoch, aber noch bevor sie weiter darüber nachdenken konnte, öffnete sich die Eingangstür und es trat jemand ein. Rasch entfernte sie ihre Hand vom Sarg. Sie hätte ihm noch gerne einiges gesagt, aber …

„Ach, du bist es! Von hinten und in dieser Finsternis hätte ich dich beinahe nicht erkannt:"

Es war Christoph. Sie war jetzt nicht in der Stimmung sich mit ihm zu unterhalten.

„Verabschiede dich nur in aller Ruhe, ich war so und so schon beim Gehen, also bis morgen." Sie fuhr zu ihrem Lieblingsplatz und versuchte sich wieder ein wenig zu entspannen. Sie bekam Gänsehaut, wenn sie sich den kleinen Sarg vorstellte und erst recht, wenn sie an übermorgen dachte.

Morgen wollten ihre Eltern zum See, sie würde mitfahren, wenigstens sah sie dann einmal andere Gesichter.

Der Tag am See verging wider Erwarten ziemlich rasch. Eva schwamm wie die Böse, um recht müde zu werden, sie fürchtete sich vor der Nacht. Schon gestern hatte sie fürchterlich schlecht geschlafen und war immer wieder aus wüstesten Träumen hochgeschreckt.

Beinahe wäre sie schon beim Heimfahren eingeschlafen. Um halb neun war sie bereits im Bett und schaffte gerade zwei Seiten in ihrem Buch, dann schlief sie ein. Aber leider nur ein paar Stunden. Ab zwei war an Schlaf nicht mehr zu denken. Sie wälzte sich unruhig hin und her und wurde immer wacher. Schließlich stand sie auf und ging runter in den Garten. Da war es jetzt doch ziemlich kühl. Sie holte sich eine Decke und legte sich in den Liegestuhl. So viele Sterne. Wo sollten da alle Seelen sein? Als kleines Kind tat man sich leichter, da glaubte man, dort wo das Blaue beginnt, dahinter schwebten alle. Aber seit sie das mit der Unendlichkeit wusste, war es mit dieser Vorstellung zu Ende. Trotzdem, er musste doch irgendwo sein. Ob er noch Gefühle hatte? Tat sie ihm jetzt Leid? Tat es ihm jetzt Leid? Was konnte sie noch für ihn tun? Wenn es nur irgendeine Möglichkeit gäbe sich mit ihm zu verständigen. Sie wollte ihm noch so vieles sagen. Warum war sie nur so blöd gewesen? Sie hätten ihre gemeinsame Zeit noch viel besser nützen können.

Dieses Teufelszeug hatte alles zerstört! Bei allen Auseinandersetzungen ging es darum. Okay, einmal wegen dieser doofen Tussi, aber sonst. Und morgen wurde er begraben, einfach in einem Holzsarg in einem Loch in der Erde, unvorstellbar, sein schöner Körper für immer verloren, seine Gedanken, Gefühle auf ewig unerreichbar. Immer wieder schaute sie zum Himmel und schauderte, als ob er jetzt herunterschaute. „Lässt du mich nicht schlafen? Bist du da oben? Ist nur deine leere Hülle im Sarg? Soll ich mich mit dir unterhalten? Was hast du uns angetan! Wenn ich könnte, würde ich dich schütteln, ohrfeigen, auf deinen Oberkörper trommeln … so erschüttert hast du mich! Damit hast du nicht gerechnet, du warst ja so stark, hast alles im Griff, was soll dir denn schon passieren? Jetzt haben wir den Salat! Du hast mich verlassen, ganz allein gelassen, für immer! Nie mehr kann ich mich an dich lehnen, nie mehr zu dir kuscheln. Ich wollte alles von dir! Wir hatten doch alle Zeit der Welt! Du solltest der sein, mit dem ich ... Und jetzt? Wer soll mich halten? Nicht einmal das geht mehr! Nichts geht mehr! Wo bleibt unser gemeinsames Leben?

Was soll ich jetzt deiner Meinung nach tun? Willst du, dass ich dir folge? Wohin? Komischer Gedanke. Nein, da müsste ich mich selbst umbringen, ich werfe mein Leben nicht weg!

Du hast dich zwar auch umgebracht, aber sicher nicht bewusst. Ich habe dir immer gesagt, dass es gefährlich ist, aber du ... du hast höchstens gelächelt! Ist dir das mittlerweile vergangen?

Ja, ich weine, aber am liebsten möchte ich schreien! Ganz laut! Wenn es helfen würde, täte ich es! Heute weine ich noch einmal um dich, bis ich leer bin, bis keine Träne mehr da ist. Viel mehr weine ich um mich, weil ich dich nicht mehr habe. Ich tue mir Leid, du bist ja tot, aber ich lebe, allein! Es ist so einfach, du bist weg und ich bleibe zurück. Sollte es so sein? Gibt es das Schicksal – von Gott gewollt? Kann er das wirklich wollen, den Tod eines so jungen Menschen? Pfeif auf so einen Gott! Du hast nie ernsthaft geglaubt, oder? Ich schon, aber jetzt. Oder soll ich doch beten? Habe ich ihn beleidigt? Soll ich ihn bitten, dass er jetzt auf dich achtet, wenn er dich schon geholt hat? Oder ist es eine Belohnung, wenn man so früh in den Himmel kommt? Egal, alles egal, mir ist jetzt saukalt und ich gehe zurück ins Bett, Tränen sammeln für deine Verabschiedung."

Sie blickte noch einmal zum Himmel und ihr war einfach unheimlich zu Mute, aber auch erleichtert, sie fühlte sich erleichtert. Jetzt hatte sie ihm das Wichtigste gesagt.

Sie hüllte sich ganz fest in ihre Decke ein und konnte tatsächlich noch einmal einschlafen. Um halb zehn wurde sie von ihrer Mutter geweckt.

„Was ist denn mit dir los, du schläfst jetzt noch wie ein Murmeltier, kaum wach zu kriegen!"

Wenn du wüsstest ... Sie lächelte verschmitzt. Rasch einen Kakao.

„Masche hat angerufen, ihr trefft euch um drei viertel elf am Parkplatz."

Auch gut. Sie wollte zwar keinen sehen, aber bitte.

Die kritischen Augen ihrer Mutter beobachteten sie, aber anscheinend war sie zufrieden, denn sie sagte keinen Ton. Schwarzweiß gemusterter Rock, schwarzes T-Shirt und schwarze Leinenschuhe, auf Strümpfe verzichtete sie, es war einfach zu heiß. Sie fragte um Mamas Damenfahrrad, denn mit dem Bike und dem Rock, das ginge nicht gut. Sie radelte direkt zum Friedhofsgärtner und besorgte eine wunderschöne dunkelrote Rose mit einer schwarzen Schleife herum. Sie borgte sich einen weißen Stift aus und schrieb auf die Schleife: Ich habe dich geliebt! Adieu, forever!

Draußen warteten die anderen. Sie musste das Rad noch irgendwo parken. Schei..., sie hatte die Schlossnummer vergessen, hoffentlich nahm es niemand. Da erbarmte sich Christoph und sperrte es zu seinem. Gemeinsam gingen sie zur Aufbahrungshalle. Es waren schon sehr viel Menschen da. Ganz vorne links und rechts vom Sarg standen die Verwandten. Eva konnte jetzt nicht kondolieren, sie war einfach nicht fähig, vor seine Mutter hinzutreten. Auch keiner der anderen tat es. Plötzlich, als die Trauermusik schon zu spielen begonnen hatte, trat sie erhobenen Hauptes vor, machte ein Kreuzzeichen und besprengte den Sarg. Danach reichte sie seiner Mutter die Hand, blickte ihr in die weinenden Augen und wünschte ein herzliches Beileid, dann ging sie wieder zurück zu den anderen. Keiner sagte ein Wort, trotzdem war sie stolz auf sich. Warum waren bloß alle so feige? Der Pfarrer erschien und begann zu reden. Nach einem allgemeinen Teil über das Leben und Sterben beschrieb er Stefans kurzen Weg auf dieser Erde und hob seine besonderen Talente hervor, wie sportlich er gewesen war, technisch so interessiert, so freundlich und beliebt bei seinen Mitmenschen ... Es folgte ein Lied. Anschließend bewegte sich der gesamte Trauerzug Richtung Grab. Wieder Musik, diesmal angeblich sein Lieblingslied. Eva hätte am liebsten aufgeschrien. Sie wusste es besser. Irgendwie versuchte der Pfarrer die Angehörigen zu trösten und schwafelte etwas von einem Wiedersehen im Paradies. Wann würde er endlich die Wahrheit über diesen Tod sagen. Immer wieder sprach er von Schicksal und von einer Verkettung unglücklicher Ereignisse. Ha, ha, mir kommen gleich die Tränen!

Am liebsten wäre sie vorgelaufen und hätte ihm das Mikrofon entrissen. Wie war die Erwachsenenwelt doch falsch und verlogen und außerdem noch feige, absolut feige! Immer wurde nur vertuscht! Wahrscheinlich nur deshalb, damit niemand etwas sagen konnte. Er war doch schon tot, schlimm genug, die armen Eltern! Da konnte man ihnen eine solche Schande nicht auch noch zumuten! Das konnte ihnen doch niemand antun! Also Schwamm drüber, Hauptsache nichts drang nach außen. Er würde so oder so nicht wieder lebendig, wem sollte das nützen? Und die anderen, die anderen gingen sie nichts an, um die sollten sich eben andere kümmern. Okay, über Tote schimpfte man nicht und sagte man möglichst nichts Schlechtes. Aber es war doch nicht „schlecht" oder böse, Stefan war einfach neugierig gewesen und hatte keine Gefahren gesehen, sonst hätte er bestimmt einen Abschiedsbrief hinterlassen. Diesmal hatte er sich einfach verschätzt, überschätzt!

Es war ihm passiert, das hatte er sicher nicht gewollt, aber das konnte man doch sagen. Man musste die anderen wenigstens warnen, traf einem sonst nicht eine Mitschuld, wenn wieder etwas passierte?

Jetzt wurde der Sarg runtergelassen. Seine Mutter schluchzte fürchterlich. Eva konnte sich auch kaum mehr halten, es schüttelte sie direkt. Sie hörte den Pfarrer gar nicht mehr oder besser, sie hörte ihn zwar, aber sie verstand ihn nicht. Ihre Gefühle übermannten sie. Er war doch so wichtig für sie. Wie sollte es jetzt weitergehen?

Die Leute begannen dem Sarg Erde nachzuwerfen. Eva stand etwas abseits und schaute zu, aber sie sah nichts, Tränen liefen noch immer über ihr Gesicht. Das Schütteln hatte aufgehört.

Erwin wollte weiter nach vorn gehen und sich auch anstellen, aber Eva blieb stehen.

Langsam verabschiedeten sich die Leute, nur die Familie blieb noch beim Grab. Masche kam zu ihr und fragte sie, ob sie mitkommen wolle. Es würden sich alle bei der Hütte treffen, Eva könnte sonst auch später nachkommen. Besorgt sah er sie an und erkundigte sich sehr fürsorglich, ob er bei ihr bleiben solle.

„Nein, bitte geh, ich habe noch etwas zu erledigen!"

Vielleicht war das etwas unfreundlich ausgefallen, aber sie wollte energisch erscheinen und er akzeptierte. Eva wollte noch einmal allein vor Stefans Grab hintreten. Deshalb ging sie in die andere Richtung und setzte sich schließlich auf eine Grabumrandung, um zu warten, bis alle anderen gegangen waren. Sie würde den Ausdruck in den Augen seiner Mutter nicht so schnell wieder vergessen. Warum hatte sie nichts …? Und warum hatte ich nicht …? Und überhaupt: Warum hatte er …?

Es war zum Verrücktwerden!

Ein Blick zurück zeigte ihr, dass bereits alle weg waren. Behäbig, wie ein altes Mütterchen erhob sie sich und ganz langsam schritt sie mit der Rose in der Hand zu seinem Grab.

„Und jetzt ..., was machen wir jetzt? Jetzt bist da unten in der Erde und bald werden sie kommen und dich komplett mit Erde zudecken, fürchterlich ...

Sie haben heute nicht gesagt, was wirklich passiert ist, aber ich verspreche dir, ich werde es allen erzählen, jetzt darf ich es noch nicht, aber eines Tages werde ich es der ganzen Welt erzählen und alles richtig stellen, das verspreche ich dir!

Aber jetzt muss ich gehen, ich werde schon wiederkommen, aber nie mehr so wie heute. Du warst meine erste Liebe und ich danke dir für alles. Schade, dass ... du weißt schon, ich hoffe, du bist mir nicht mehr böse, ich versuche auch dir zu verzeihen, auch wenn es mir sehr schwer fällt und ich noch eine Weile brauchen werde."

Ihr fiel die Rose aus der Hand. Rasch hob sie die Blume auf und warf sie auf den Sarg.

„Tschüss."

Das Grab verschwamm vor ihren Augen, sie schwankte und brauchte alle Kraft um wegzugehen. Es nützte nichts, sie musste, die anderen warteten.

Plötzlich fiel ihr Mamas Fahrrad ein. Was hatte Christoph gemacht? Hoffentlich stand es noch da! Vor dem Friedhof begann sie zu laufen. Sie konnte es nicht sehen. Gott sei Dank, es stand noch da und jetzt erst erkannte sie Christoph, der am Boden saß und gemütlich eine rauchte.

„Du, da?"

„Ich konnte dein Rad doch nicht unversperrt dalassen, sonst kriegst du noch Schwierigkeiten mit deiner Mutter!"

„Du bist ein wahrer Freund, danke."

Er bot ihr auch eine an und gemeinsam hockten sie am Boden rauchten und schwiegen.

„Ich muss erst nachhause, meine Mama wartet, außerdem will ich raus aus den Klamotten."

„Eva, ... wie geht es dir jetzt?"

„Wenn du nicht fragst, geht es. Es nützt ja doch nichts, er wird nicht wieder lebendig und wir müssen also lernen ohne ihn weiterzuleben. Komm, wir hauen ab."

Sie fuhren ein Stück gemeinsam, dann radelte Eva allein weiter. Sie schlich in ihr Zimmer, warf sich aufs Bett und weinte bitterlich. Jetzt war es vorbei, endgültig vorbei! Ihre Mutter kam herein und streichelte ihr über den Rücken.

„Wein dich nur ordentlich aus, dann geht es wieder leichter. Wie war das Begräbnis?"

Was war denn das für eine komische Frage? Sollte sie sagen grässlich, verlogen, geheuchelt oder gar schön?

„Schau mich nicht so komisch an, ein Begräbnis ist eine Abschiedsfeier und auch eine Abschiedsfeier kann in einem gewissen Sinne liebevoll, andächtig oder sogar schön gestaltet sein. Man nimmt da bewusst Abschied und versucht dann den Menschen loszulassen, damit er seine Ruhe finden kann. Willst du was essen oder eher nicht?"

Eva schüttelte den Kopf. Wie konnte ihre Mutter in einem Atemzug vom Begräbnis und gleich wieder von Essen reden. Das war das Letzte, was sie interessierte.

„Ich ruh mich ein wenig aus und dann treffe ich mich noch mit ein paar Freunden, wir müssen uns wohl gegenseitig trösten."

Ihre Mutter brachte ihr noch ein Getränk und ließ sie anschließend allein. Sie hörte seine Lieblingsmusik und schwelgte im Kummer. Nach einer Weile schlug ihr Selbstmitleid jedoch wieder in Trotz um, sie sprang auf und begab sich unter die Dusche. Regelrecht erneuert kam sie sich vor, als hätte sie alles weggewaschen. So, jetzt wollte sie zu den anderen.

Alle waren versammelt. Sie hatten Bier und Schnaps eingekauft.

„Wir feiern Abschied! Wir wollen noch einmal auf ihn anstoßen. Was willst du?"

„Ihr wisst doch, dass ich weder Bier noch Schnaps mag."
Eifrig hüpfte Alfi auf und ging in die Hütte. Strahlend zeigte er ihr eine Flasche Rotwein.
„Extra für dich!"
Sie musste lächeln.
„Aber kein Besäufnis, sondern eine ehrwürdige Abschiedsfeier."
Die anderen nickten. Alfi hatte die Flasche geöffnet und Eva bekam einen Becher, sie prosteten auf Stefan an und jeder versuchte einen Satz über ihn zu formulieren, in dem er erklärte, was er an ihm besonders gemocht, mit ihm erlebt hatte oder einfach, was er ihm noch sagen wollte. Vom besten Freund war die Rede, wie man gemeinsam Erdbeeren gestohlen hatte, vom Autofahrenlernen, dem Schwindeln während der Schularbeit, wie man Lehrer ärgerte, Karten spielte, lief, die Sterne beobachtet hatte, die erste Zigarette … alles wurde erinnert. Eva staunte nur so, was da einige gemeinsam mit Stefan erlebt hatten. Alle wollten ihn in Erinnerung behalten. Da saßen sie den ganzen Nachmittag und erzählten. Die Zeit verflog nur so. Einige Male lachten sie sogar ganz herzlich über all die alten Streiche. Eva merkte, dass sie den Wein schon ziemlich spürte, kein Wunder es war nicht mehr allzu viel in der Flasche. Sie wollte nachhause. Masche half ihr die Leiter runter. Wie immer hatte er am wenigsten getrunken. Er nahm ihr Bike und begleitete sie nachhause. Er umarmte sie liebevoll und meinte, er wäre immer für sie da, wenn sie ihn bräuchte.

Gut, dass ihre Eltern und Großeltern hinterm Haus in der Laube saßen. So konnte sich Eva unbemerkt ins Haus schwindeln und rasch ins Bett legen, damit ersparte sie sich einigen Ärger. Es war schon schwiwrig genug die Klamotten einigermaßen geordnet hinzulegen. Obwohl die Umgebung ein wenig schwankte, dass ihr bloß nicht übel wurde, aber sie schlief bereits nach zwei Minuten.

Am nächsten Tag brummte ihr der Kopf, trotzdem fühlte sie sich ausgeruht. Kein Wunder, sie hatte vierzehn Stunden im Bett verbracht.

Ihre Tante aus Deutschland war angekommen, die jüngste Schwester ihrer Mutter. Sie war immer sehr freundlich und hatte meist für jeden ein kleines Geschenk in ihrem Urlaubsgepäck. Außerdem freute sich Eva auf die Kinder, die Kleine war erst eineinhalb und hatte ein Gesicht wie eine Puppe, ihr Bruder ging schon in die Schule. Sie würden vierzehn Tage dableiben, da hatte Eva Gelegenheit genug sich mit den Kindern zu beschäftigen.

Es gab ein großes Hallo, als sie im Hof auftauchte. Der Vater der Kinder war ein sehr ruhiger besonnener Mann, mit dem sich Eva außerordentlich gut verstand. Er erkundigte sich, bevor eine Diskussion begann und versuchte nicht ständig, sie zu bevormunden oder gar ihr seine Meinung aufzuzwingen. Ihre Tante war da wie ein Wirbelwind dazu, ziemlich hektisch, aber ihn schien das nicht zu stören.

Die Kinder liebten Eva und sie verbrachte auch recht viel Zeit mit ihnen. Das war eine wunderbare Ablenkung. Sehr oft fuhren sie zum Längsee, es war einfach zu heiß für andere Unternehmungen. Der Onkel schwamm dann immer weit in den See hinaus und Eva begleitete ihn, er zeigte ihr einige Tricks, wie man beim Brustschwimmen weniger Nackenschmerzen bekam oder wie man am Rücken liegend am raschesten vorwärts kam. Wenn sie Verwandtenbesuche abstatteten, was häufig vorkam, denn jeder wollte ein wenig mit ihnen plaudern, radelte Eva zum Friedhof und anschließend zu ihrem Lieblingsplatz. Dort verschnaufte sie dann und manchmal kamen ihr auch wieder die Tränen. Tief drinnen fühlte sie sich hohl, leer und wie ausgebrannt, aber wenn sie sich dann wieder mit den Kleinen beschäftigte, konnte sie wieder lachen. Die Hütte mied sie, zu sehr erinnerte sie alles an ihn, außerdem wollte sie einfach ein wenig Abstand gewinnen.

Als sie am Ende der zweiten Urlaubswoche ihrer Tante gefragt wurde, ob sie mit nach Deutschland wollte, freute sie sich sehr. Erstens war sie noch nie in Pforzheim gewesen und zweitens wusste sie, wie unternehmungslustig die beiden waren, sie würde also sicher einiges kennen lernen.

Sie verbrachte tatsächlich drei sehr lustige Wochen in Deutschland. Man zeigte ihr die Stadt selbst und schon nach kurzer Zeit durfte sie auch alleine weg. Außerdem fuhren sie zur Wilhelma, dem bekannten Zoo und in Pforzheim selbst war gerade eine ganz große Berta-Benz-Gedächtnisfahrt mit lauter Oldtimern. Im selben Haus gab es ein gleichaltriges Mädchen und abends nahm sie Eva oft mit ins Jugendzentrum, wo man Billard spielen, darten, tanzen, im Internet surfen oder einfach nur tratschen konnte. Die Zeit verflog wie im Nu.

Eva plagte innerlich nur eine Sorge und die wurde von Tag zu Tag größer. Ihre Tage waren bereits seit mehr als drei Wochen überfällig. Sie hatten zwar nicht endgültig …, aber was war, wenn doch, warum sonst bekam sie keine …? Irgendwie wagte sie es nicht jemanden ins Vertrauen zu ziehen, wen auch? Es war zum Verzweifeln, an die Reaktion ihrer Eltern durfte sie gar nicht denken. Ihre Tante schaute schon immer so komisch, wahrscheinlich war ihr aufgefallen, dass Eva so wenig aß. Ständig erfand sie irgendwelche Ausreden, zu viel Eis gegessen, dort und da bereits was gegessen und so weiter, aber sie brachte vor lauter Sorge schon nichts mehr runter. Sie konnte schon bald Tag und Nacht an nichts anderes mehr denken. Eines Abends begleitete sie ihren Onkel in den Keller, um einige Getränke zu holen und da sprach er sie darauf an. Eva, soundso nur noch ein Nervenbündel, begann bitterlich zu weinen, da nahm er sie in die Arme und versuchte sie zu trösten. Genau in diesem Augenblick kam ihre Tante daher geschossen und fauchte beide an. Was war denn das? War sie etwa eifersüchtig? In einem langen Gespräch wurde alles geklärt, ihre Tante hatte doch tatsächlich geglaubt, Eva wäre unglücklich in ihren Onkel verliebt und hätte deshalb immer weniger gegessen. Gott bewahre, er war ihr doch ein wenig zu alt. Letztendlich mussten alle darüber lachen. Beide meinten, es gäbe viele Möglichkeiten für das Ausbleiben ihrer Tage, vielleicht war es der Schock, die Klimaumstellung oder eine Entzündung. Eva fuhr sowieso bald nachhause, da sollte sie dann noch eine Woche warten, und wenn sich dann nichts tat, einen Arzt aufsuchen. Sie war jetzt wieder beruhigter und schaffte es ein wenig zu essen.

Nach einer schier endlosen Zugfahrt kam sie sehr müde, aber doch froh wieder zuhause an. In den nächsten Tagen tat sich gar nichts, außer dass sie sich ständig ziemlich erschöpft fühlte. Ständig betrachtete sie Busen und Bauch. Hatte sich etwas verändert? Der Bauch war total flach und der Busen spannte auch nicht. Erbrechen musste sie nicht, aber schlecht war ihr oft, vielleicht nur vor lauter Angst! Nachts schlief sie kaum noch. Sollte sie sich ihrer Schwester anvertrauen? Leider konnte sie überhaupt nicht einschätzen, wie sie darauf reagieren würde, womöglich rannte sie erst gleich zu Mama.

Wieder machte sich große Verzweiflung breit, bis sie es nicht mehr aushielt und Masche um eine Unterredung bat. Zu ihm hatte sie noch am meisten Vertrauen. Zuerst wusste sie gar nicht, wie sie ihm das alles erklären sollte, aber dann sprudelte es nur so aus ihr heraus. Schon allein das Reden half. Sie fühlte sich ein wenig erleichtert. Er allerdings starrte Eva hilflos an, aber als er ihre Tränen sah, versprach er ihr auf jeden Fall zu helfen, falls es tatsächlich eintraf. Sie wollte das Baby auf jeden Fall behalten, egal was ihre Eltern sagten, vor allem weil Stefan tot war. Etwas beruhigter begann sie sich damit auseinander zu setzen, was wäre wenn …

Er würde so weiterleben … und seine Mutter … ihr eigenes Leben wäre mit einemmal ganz anders … alle Pläne über den Haufen … alles anders!

Das war doch unmöglich … sie schaffte das nicht allein … Wer würde ihr helfen? Alles Mögliche kam ihr in den Sinn.

So und ähnlich grübelte sie die halbe Nacht, erst gegen Morgen schlief sie ein und als sie um zehn erwachte, fiel ihr ein ganzer Fels vom Herzen. Sie fühlte das warme, feuchte Blut zwischen ihren Schenkeln. Alle Sorgen umsonst!

Jetzt war sie wie erlöst und sie würde endgültig ein neues Leben beginnen, auch ohne ihn … auch ohne die anderen.

Hin und wieder sahen sie sich noch, aber trotz allem fühlte Eva direkt wie etwas zwischen ihnen stand, nämlich der Drang zur Wahrheit.

In ein paar Tagen begann ein neues Schuljahr. Eine neue Schule, eine neue Stadt, neue Gesichter, neue Anforderungen. Kurz ein neues Leben und niemand wüsste, was sie in den vergangenen Monaten erlebt hatte.

Fast ein Jahr später begann Eva mit dem Entwurf dieses Buches und schrieb zwei Hefte voll, doch dann wusste sie doch nicht so recht, was sie damit anfangen sollte …, außerdem war sie zu sehr mit der Schule und sich selbst beschäftigt und wer las schon das Manuskript einer Fünfzehnjährigen?

Nachwort

… erst viele Jahre später, als sie schon ein Buch fertig gestellt hatte, kramte sie die alten Aufzeichnungen hervor und begann von Neuem, immerhin hatte sie es versprochen.

Wer weiß, wozu es gut war, so lange zu warten, vielleicht ist manches etwas verblasst und anderes wichtiger geworden, aber aktuell ist die Geschichte nach wie vor!

Der junge Mann, denn Eva damals so geliebt hatte, verstarb am 22. Juli 1977!

Die Geschichte wurde also ein wenig modernisiert, die Personen und Dialoge zum Teil erfunden, sollten sich trotzdem Ähnlichkeiten ergeben haben, hofft sie, niemanden beleidigt zu haben!

Die Suchtproblematik gibt es leider schon seit vielen Jahren und immer noch verschließen wir davor größtenteils unsere Augen. Jugendliche neigen auf ihrem Weg zum Erwachsenwerden oft zu unüberlegten Handlungen und glauben ständig: „Mir passiert schon nichts!" In unserer Gesellschaft überwiegt das Wegschauen und wenn man nicht unmittelbar betroffen ist, will man damit möglichst nichts zu tun haben! Vielleicht zeigt dieses Buch, wie leicht man in etwas hineingerät, auch wenn es anfangs so harmlos aussieht, und mahnt Jugendliche früher zu handeln, wenn ein Freund da hineinschlittert. Vielleicht bittet dieses Buch auch Eltern, ihre Kids möglichst genau im Auge zu behalten …, und besser einmal zu viel kontrolliert (natürlich unauffällig) als zu wenig, weil Eltern ihre Kinder lieben, vor allem weil sie sie lieben.

Jugend braucht Freiheit, okay, aber nicht grenzenlos, denn dann fühlen sie sich ungeliebt!

Anmerkungen

1. Gemeint sind Gendarmeriebeamte
2. Grundschule in Österreich
3. egal auf kärntnerisch
4. Heft zum Nachrichtenaustausch zwischen Eltern und Schule
5. eigentlich eine warme Süßspeise, aber hier im Sinne von einer Kleinigkeit
6. Ersatzwort für ein bestimmtes Schimpfwort
7. Redewendung und heißt soviel wie „schon im nächsten Moment"
8. Wächter über die Moral, das richtige Benehmen der Menschen
9. üblich
10. Predigt
11. Jugendzeitschrift
12. dick werden
13. im Moment sehr beliebt
14. kleines Lebensmittelgeschäft mit Bedienung
15. Geschirrtuch
16. Jugendzeitschrift
17. nur ganz leicht schlafen
18. klettern
19. keine Lust
20. schlechte Laune
21. Höhere Technische Lehranstalt = eine berufsbildende weiterführende Schule mit Matura bzw. Abitur
22. Rippenstoß
23. Ärger
24. schlechte Zeiten, nichts zu lachen

Via Provinciale
Julia Gödeke

Wie erschreckend es ist, was Drogen aus einem machen können und wie schnell man lichterloh brennen kann, wenn man mit dem Feuer spielt, erzählt die erschütternde Geschichte von Anna, die sich ohne Vorwarnung vom biederen Mama-Kind zum Prototyp eines Rebellen wandelt. Anna meint, sich mit „Speed" über Ereignisse und Erinnerungen hinwegzuhelfen und dass es sie zu dem macht, was sie gerne gewesen wäre. Dass sie sich selbst zerstört, will sie nicht wahrhaben, bis eines Tages der große „Zusammenbruch" kommt.

ISBN 3-900693-20-X · Format 13,5 x 21,5 cm · 326 Seiten · € 17,90

Silvermoon
Sandra Haslbauer

Als Kimberly Woodens in der Postkutsche durch das weite Land rumpelte, glaubte sie an ein besseres Leben, als das, das sie führte. Mit dem Unfall der Kutsche beginnt für sie der Kampf ums Überleben in einem unwirtlichen Land. Schwer verletzt landet Kimmy im Lager der Kiowas. Und sie trifft auf Häuptling Silvermoon, der ihr zu zeigen versucht, mit wieviel Wärme und Nähe zur Natur der Indianer zu leben im Stande ist.

ISBN 3-900693-30-7 · Format 13,5 x 21,5 cm · 492 Seiten · € 21,80

Der dunkle Fürst
Kathrin Friedrich

Als die 18-jährige Josephine dem Fürsten Alec DeLieár zum ersten Mal begegnet, ist sie fasziniert von diesem Mann. Obwohl sie bereits verlobt ist – die Ehe wurde von den Eltern geplant und arrangiert – verliebt sie sich in den geheimnisvollen Fremden. Doch Alec birgt ein dunkles Geheimnis. Als er Josephine seine wahre Identität zu erkennen geben muss, steht sie trotzdem weiter zu ihm. Sie wird sogar zu seiner Komplizin als es gilt, den von Gier und Wahnsinn getriebenen Lord Carrington daran zu hindern mit Hilfe von drei mystischen Waffen die Welt in ihr Verderben zu stürzen.

ISBN 3-902324-80-5 · Format 13,5 x 21,5 cm · 180 Seiten · € 16,90